学大师精品集

郑振铎精品集

本书编写组◎编

世界图书出版公司
广州·北京·上海·西安

图书在版编目（CIP）数据

郑振铎精品集／《中国现代文学大师精品集》
编委会编著．—广州：广东世界图书出版公司，2009.12 （2024.2 重印）

（中国现代文学大师精品集）

ISBN 978－7－5100－1460－4

Ⅰ．①郑… Ⅱ．①中… Ⅲ．①文学－作品综合集－中
国－现代 Ⅳ．①I216.2

中国版本图书馆 CIP 数据核字（2009）第 216975 号

书　　　名	郑振铎精品集	
	ZHENGZHENDUO JINGPINJI	
编　　　者	《中国现代文学大师精品集》编委会	
责任编辑	张梦婕	
装帧设计	三棵树设计工作组	
出版发行	世界图书出版有限公司　世界图书出版广东有限公司	
地　　　址	广州市海珠区新港西路大江冲 25 号	
邮　　　编	510300	
电　　　话	020-84452179	
网　　　址	http://www.gdst.com.cn	
邮　　　箱	wpc_gdst@163.com	
经　　　销	新华书店	
印　　　刷	唐山富达印务有限公司	
开　　　本	787mm×1092mm　1/16	
印　　　张	13	
字　　　数	120 千字	
版　　　次	2009 年 12 月第 1 版　2024 年 2 月第 11 次印刷	
国际书号	ISBN　978-7-5100-1460-4	
定　　　价	59.80 元	

作者小传

郑振铎（1898～1958），笔名西谛，是我国现代杰出的爱国主义者和社会活动家，又是著名作家、文学评论家、文学史家、翻译家、艺术史家，也是我国新文化和新文学运动的倡导者。原籍福建长乐，1898 年 12 月 19 日出生于浙江省永嘉县。1917 年夏，考进北京铁路管理学院。1919 年"五四"运动中，成为该校学生代表和福建学生联合会的代表，从此积极从事革命活动。毕业后任商务印书馆编辑。1921 年与沈雁冰等组织文学研究会。1923 年主编《小说月报》、《公理日报》。他还先后参与编辑了《闽潮》、《新社会》、《文学旬刊》等刊物。1931 年后、历任燕京大学、复旦大学、清华大学教授，暨南大学文学院院长兼中文系主任，致力学术研究，并主编《世界文库》。抗日战争期间留居上海，坚持进步文化工作，参加文化界救亡协会，与胡愈之等人组织复社，出版《鲁迅全集》，主编《民主周刊》。新中国成立后，历任全国文联福利部部长，全国文协研究部长、人民政协文教组长，中央文化部文物局长，中国科学院考古研究所所长，文化部副部长、文物局长、文学研究所所长、文化部副部长、国务院科学规划委员会委员、中国科学院哲学社会科学部委员、中国民间文艺研究理事会副主席等职。1958 年出国访问途中因飞机失事逝世。

著有专著《文学大纲》、《俄国文学史略》、《中国文学论集》、《中国俗文学史》、《近百年古城古墓发掘史》、《基本建设及古文物保护工作》、《域外所藏中国古画集》、《中国历史参考图谱》、《伟大的艺术传统图录》、《插图本中国文学史》、《中国版画史图录》，短篇小说集《家庭的故事》、《取火者的逮捕》、《桂公塘》，散文集《佝偻集》、《欧行日记》、《山中杂记》、《短剑集》、《困学集》、《海燕》、《民族文话》、《蛰居散记》，译著《沙宁》、《血痕》、《灰色马》、《新月集》、《飞鸟集》、《印度寓言》，《郑振铎文集》、《郑振铎选集》，编辑《中国短篇小说集》、《北平笺谱》（与鲁迅合编）等。其中《猫》入选人教版初中教材。

郑振铎一生不仅著述丰富，他发表的大量译作、译论在中国翻译史上也占有重要地位。对我国文学与翻译做出了很大贡献。

在翻译理论方面，郑振铎的贡献主要是他在 20 年代的翻译理论建树和一生对翻译的提倡建议之功。作为一名诗人、散文家和知名学者，他对我国当时的文化思想状况有着敏锐的洞察力。他的翻译见解，经受了历史的检验，至今仍有强大的生命力。

目　　录

散　文

郑振铎精品集

1

中国现代文学大师精品集丛书

杂 记

郑
振
铎
精
品
集
2

日 记

散文

月夜之话

是在山中的第三夜了。月色是皎洁无比，看着她渐渐的由东方升了起来。蝉声叽……叽……叽……的曼长的叫着，岭下涧水潺潺的流声，隐略的可以听见，此外，便什么声音都没有了。月如银的圆盘般大，静定的挂在晚天中，星没有几颗，疏朗朗的间缀于蓝天中，如美人身上披的蓝天鹅绒的晚衣，缀了几颗不规则的宝石。大家都把自己的摇椅移到东廊上坐着。

初升的月，如水银似的白，把她的光笼罩在一切的东西上；柱影与人影，粗黑的向西边的地上倒映着。山呀，田地呀，树林呀，对面的许多所的屋呀，都朦朦胧胧的不大看得清楚，正如我们初从倦眠中醒了来，睁开了眼去看四周的东西，还如在渺茫梦境中似的；又如把这些东西都罩上了一层轻巧细密的冰纱，在纱外望着它们，只能隐约的看见它们的轮廓；又如春雨连朝，天色昏暗，极细极细的雨丝，随风飘拂着，我们立在红楼上，由这些蒙雨织成的帘巾向外望着。那么样的静美，那么样柔秀的融和的情调，真非身临其境的人不能说得出的。

"那么好的月呀！"擘黄先生赞赏似的叹美着。

同浴于这个明明的月光中的，还有梦旦先生和心南先生，静悄悄的，各人都随意的躺在他的摇椅上，各自在默想他的崇高的思绪。也不知道有多少秒，多少分，多少刻的时间是过去了，红栏杆外是月光、蝉声与溪声，红栏杆内是月光照浴着的几个静思的人。

月光光，

照河塘，

骑竹马，

过横塘。

横塘水深不得过，

娘子牵船来接郎。

问郎长，问郎短，

问郎此去何时返。

心南先生的女公子依真跳跃着的由西边跑了过来，嘴里这样的唱着。那清脆的歌声漫溢于朦胧的空中，如一塘静水中起了一个水沤似的，立刻一圈一圈的扩大到全个塘面。

"这是各处都有的儿歌，辜鸿铭曾选入他的《幼学弦歌》中。"梦旦先生说。他真是一个健谈的人，又恳挚，又多见闻，凡是听过他的话的人，总不肯半途走了开去。

"福州还有一首大家都知道的民歌，也是以月为背景的，真是不坏。"梦旦先生接着说，于是他便背诵出了这一首歌。

原文：

共哥相约月出来，

怎样月出哥未来？

没是奴家月出早？

没是哥家月出迟？

不论月出早与迟；

恐怕我哥未肯来。

当日我哥未娶嫂，

三十无月哥也来。

译文：

> 与他相约月出来，
> 怎么月出了他还未来？
> 莫不是我家月出得早？
> 莫不是他家月出得迟？
> 不论月出早与迟；
> 只恰他是不肯来了吧！
> 当日他没有娶妻时，
> 没有月的三十夜也还来呢。

这首歌的又真挚又曲折的情绪，立刻把大家捉住了。像那么好的情歌，真不多见。

"我真想把它钞录了下来呢！"我说。于是梦旦先生又逐句的背念了一遍，我便录了下来。

"大约是又成了《山中通信》的资料吧。"擘黄先生笑着说道，他今天刚看见我写着《山中通信》。

"也许是的，但这样的好词，不写了下来，未免太可惜了。"

"我也有一个，索性你再写了吧。"擘黄说。

我端正了笔等着他。

> 七月七夕鹊填桥，
> 牛郎织女渡天河。
> 人人都说神仙好，
> 一年一度算什么！

"最后一句真好，凡是咏七夕的诗，恐怕不见得有那样透澈的口气吧。可见民歌好的不少，只在自己去搜集而已。"擘黄说。

大家的话匣子一开，沉静的气氛立刻打破了，每个人都高高兴兴的谈着唱着，浑忘了皎洁月光与其他一切。月已升得很高，倒向西边的柱影，已渐渐的短了。

梦旦先生道："还有一首歌，你们听人说过没有？"

> "采苹你去问秋英，
> 怎么姑爷跌满身？"
> "他说：相公家里回，
> 也无火把也无灯。"
> "既无火把也要灯！
>
> 他说相公家里回，
> 怎么姑爷跌满身？
> 采苹你去问秋英！"

"是的，听见过的。"擘黄说，"但其层次与说话之语气颇不易分得出明白。"

"大约是小姐见姑爷夜间回来，跌了一身的泥，不由得起了疑心，便叫丫头采苹去问跟班秋英。采苹回到小姐那里，转述秋英的话，相公之所以跌得一身泥者，因由家里回来，夜色黑漆漆的，又无火把又无灯笼也。第二首完全是小姐的话，他的疑心还未释，相公既由家回，如无火把也要有灯，怎么会跌得一身泥？于是再叫采苹去问秋英。虽然是如连环诗似的二首，前后的意思却很不同。每个人的口气也都逼真的像。"梦旦先生说。

经了这样一解释，这首诗，真的也成了一首名作了。

> 真鸟仔，
> 啄瓦檐，
> 奴哥无"母"这数年。
> 看见街上人讨"母"，
> 奴哥目泪挂目檐。
> 有的有，没的没，
> 有人老婆连小婆！

只愿天下作大水，
流来流去齐齐没。

　　这一首也是这一夜采得的好诗，但恐"非福州人"所能了解。所谓
"真鸟仔"者，即小麻雀也。"母"者，即女子也，即所谓公母之"母"是
也。"奴哥"者，擘黄以为是他人称他的，我则以为是自称的口气，兹译之
如下：

　　　　小小的麻雀儿，
　　　　在瓦檐前啄着，啄着，
　　　　我是这许多年还没有妻呀！
　　　　看见街上人家闹洋洋的娶亲，
　　　　我不由得双泪挂眼边。
　　　　有的有，没有的没有，
　　　　有的人，有了妻，却还要小老婆。
　　　　但愿天下起了大水，
　　　　流来流去，使大家一齐都没有。

　　这个译文，意思未见得错，音调的美却完全没有了。所以要保存民歌
的绝对的美，似非用方言写出来不可。
　　这一夜，是在山上说得最舒畅的一夜，直到了大家都微微的呵欠着，
方才散了，各进房门去睡。第二夜，月光也不坏。我却忙着写稿子；再一
夜，天色却不佳，梦旦先生和擘黄又忙着收拾行囊，预备第二天一早下山。
像这样舒畅的夜谈，却终于只有这一夜，这一夜呀！

海　燕

郑
振
铎
精
品
集

8

　　乌黑的一身羽毛，光滑漂亮，积伶积伶，加上一双剪刀似的尾巴，一对劲俊轻快的翅膀，凑成了那样可爱的活泼的一只小燕子。当春间二三月，轻飔微微的吹拂着，如毛的细雨无因的由天上洒落着，千条万条的柔柳，齐舒了它们的黄绿的眼，红的白的黄的花，绿的草，绿的树叶，皆如赶赴市集者似的奔聚而来，形成了烂漫无比的春天时，那些小燕子，那么伶俐可爱的小燕子，便也由南方飞来，加入了这个隽妙无比的春景的画图中，为春光平添了许多的生趣。小燕子带了它的双剪似的尾，在微风细雨中，或在阳光满地时，斜飞于旷亮无比的天空之上，唧的一声，已由这里稻田上，飞到了那边的高柳之下了。再几只却隽逸的在潋潋如縠纹的湖面横掠着，小燕子的剪尾或翼尖，偶沾了水面一下，那小圆晕便一圈一圈的荡漾了开去。那边还有飞倦了的几对，闲散的憩息于纤细的电线上，——嫩蓝的春天，几支木杆，几痕细线连于杆与杆间，线上是停着几个粗而有致的小黑点，那便是燕子，是多么有趣的一幅图画呀！还有一家家的快乐家庭，他们还特为我们的小燕子备了一个两个小巢，放在厅梁的最高处，假如这家有了一个匾额，那匾后便是小燕子最好的安巢之所。第一年，小燕子来住了，第二年，我们的小燕子，就是去年的一对，它们还要来往。

　　"燕子归来寻旧垒。"还是去年的主，还是去年的宾，他们的宾主间是如何的融融泄泄呀！偶然的有几家，小燕子却不来光顾，那便很使主人忧戚，他们邀召不到那么隽逸的嘉宾，每以为自己的运命塞劣呢。

这便是我们故乡的小燕子，可爱的活泼的小燕子，曾使几多的孩子们欢呼着，注意着，沉醉着，曾使几多的农人们，市民们忧戚着，或舒怀的指点着，且曾平添了几多的春色，几多的生趣于我们的春天的小燕子！

如今，离家是几千里，离国是几千里，托身于浮宅之上，奔驰于万顷海涛之间，不料却见着我们的小燕子。

这小燕子，便是我们故乡的那一对，两对么？便是我们今春在故乡所见的那一对，两对么？

见了它们，游子们能不引起了，至少是轻烟似的，一缕两缕的乡愁么？

海水是皎洁无比的蔚蓝色，海波是平稳得如春晨的西湖一样，偶有微风，只吹起了绝细绝细的千万个潾潾的小皱纹，这更使照晒于初夏之太阳光之下的、金光灿烂的水面显得温秀可喜。我没有见过那么美的海！天上也是皎洁无比的蔚蓝色，只有几片薄纱似的轻云，平贴于空中，就如一个女郎，穿了绝美的蓝色夏衣，而颈间却围绕了一段绝细绝轻的白纱巾。我没有见过那么美的天空！我们倚在青色的船栏上，默默的望着这绝美的海天；我们一点杂念也没有，我们是被沉醉了，我们是被带入晶天中了。

就在这时，我们的小燕子，二只，三只，四只，在海上出现了。它们仍是隽逸的从容的在海面上斜掠着，如在小湖面上一样；海水被它的似剪的尾与翼尖一打，也仍是连漾了好几圈圆晕。小小的燕子，浩莽的大海，飞着飞着，不会觉得倦么？不会遇着暴风疾雨么？我们真替它们担心呢！

小燕子却从容的憩着了。它们展开了双翼，身子一落，落在海面上了，双翼如浮圈似的支持着体重，活是一只乌黑的小水禽，在随波上下的浮着，又安闲，又舒适。海是它们那么安好的家，我们真是想不到。

在故乡，我们还会想象得到我们的小燕子是这样的一个海上英雄么？

海水仍是平贴无波，许多绝小绝小的海鱼，为我们的船所惊动，群向远处窜去；随了它们飞窜着，水面起了一条条的长痕，正如我们当孩子时之用瓦片打水镖在水面所起的长痕。这小鱼是我们小燕子的粮食么？

小燕子在海面上斜掠着，浮憩着。它们果是我们故乡的小燕子么？

啊，乡愁呀，如轻烟似的乡愁呀。

蝉与纺织娘

　　你如果有福气独自坐在窗内，静悄悄的没一个人来打扰你，一点钟，两点钟的过去，嘴里衔着一支烟，躺在沙发上慢慢的喷着烟云，看它一白圈一白圈的升上，那么在这静境之内，你便可以听到那墙角阶前的鸣虫的奏乐。

　　那鸣虫的作响，真不是凡响；如果你曾听见过曼杜令的低奏，你曾听见过一支洞箫在月下湖上独吹着；你曾听见过红楼的重幔中透漏出的弦管声；你曾听见过流水淙淙的由溪石间流过，或你曾倚在山阁上听着飒飒的轻风在足下拂过，那么，你便可以把那如何清幽的鸣虫之叫声想象到一二了。

　　虫之乐队，因季候的关系而颇有不同，夏天与秋令的虫声，便是截然的两样。蝉之声是高旷的，享乐的，带着自己满足之意的；它高高的栖在梧桐树或竹枝上，迎风而唱，那是生之歌，生之盛年之歌，那是结婚曲，那是中世纪武士美人的大宴时的行吟诗人之歌。无论听了那叽……叽……的曼长声，或叽格……叽格……的较短声，都可同样的受到一种轻快的美感。秋虫的鸣声最复杂。但无论纺织娘的咭嘎，蟋蟀的唧唧，金铃子之叮令，还有无数无数不可名状的秋虫之鸣声，其音调之凄抑却都是一样的；它们唱的是秋之歌，是暮年之歌，是薤露之曲。它们的歌声，是如秋风之扫落叶，怨妇之奏瑟琶，孤峭而幽奇，清远而凄迷，低徊而愁肠百结。你如果是一个孤客，独宿于荒郊逆旅，一盏荧荧的油灯，对着一张板床，一张木桌，一二张硬板凳，再一听见四壁唧唧知知的虫声间作，那你今夜便不用再想稳稳的安睡了，什么愁情，乡思，以及人生之悲感，都会一串一串的从根儿勾引出来，在你心上翻来覆去，如白老鼠在戏笼中走轮盘一般，一上去便不用想下来憩息。如果你不是一个客人，你有家庭，你有很好的太太，你并没有什么闲愁胡想，那么，在你太太已睡之后，你想在书房中静静的写些东西时，这唧唧的秋虫之声却也会无端的窜入你的心里，翻掘起你向不曾有过的一种凄感呢。如果那一夜是一个月夜，天井里统是银白色，枯秃的树影，一根一条很清朗的印在地上，那么你的感触将更深了。那也许就是所谓悲秋。

秋虫之声，大都在蝉之夏曲已告终之后出现，那正与气候之寒暖相应。但我却有一次奇异的经验：在无数的纺织娘之鸣声来了之后，却又听得满耳的蝉声。我想我们的读者中有这种经验的人是必不多的。

郑
振
铎
精
品
集

我在山中，每天听见的只有蝉声，鸟声还比不上。那天气是很热，即在山上，也觉得并不凉爽。正午的时候，躺在廊前的藤榻上，要求一点的凉风，却见满山的竹树梢头，一动也不动，看看足底下的花草，也都静静的站着，如老僧入了定似的。风扇之类既得不到，只好不断地用手巾来拭汗，不断地在摇挥那纸扇了。在这时候，往往有几缕蝉声在槛外鸣奏着。闭了目，静静的听了它们在忽高忽低，忽断忽续，此唱彼和，仿佛是一大阵绝清幽的乐阵在那里奏着绝清幽的曲子，炎热似乎也减少了，然后，朦胧的朦胧的睡去了，什么都不觉得。良久，良久，清梦醒来时，却又是满耳的蝉声。山中的蝉真多！绝早的清晨，老妈子们和小孩子们常去抱着竹竿乱摇一阵，而一只二只的蝉便要跟随了朝露而落到地上了。每一个早晨，在我们滴翠轩的左近，至少是百只以上之蝉是这样的被捉。但蝉声却并不减少。

常常的，一只蝉两只蝉，叽的一声，飞入房内，如平时我们所见的青油虫及灯蛾之飞入一样。这也是必定被人所捉的。有一天，见有什么东西在槛外倒水的铅斗中咯笃咯笃的作响，俯身到槛外一看，却只是一只蝉。这当然又是一个俘虏了。还有好几次，在山脊上走时，忽见矮林丛中有什么东西在动，拨开林丛一看，却也是一只蝉。它是竹枝竹叶挡阻住了不能飞去。我把它拾在手中。同行的心南先生说："这有什么稀奇，放走了它吧。要多少还怕没有！"我便顺手把它向风中一送，它悠悠扬扬的飞去很远很远，渐渐的不见。我想不到这只蝉就是刚才在地上拾了来的那一只！

初到时，颇想把它们捉几个寄到上海去送送人。有一次，便托了老妈子去捉。她在第二天一早，果然捉了五六只来放在一个大香烟纸盒中，不料给依真一见，她却吵着，带强迫的要去。我又托那个老妈子去捉。第二天，又捉了四五只来。依真的纸盒中却只剩下两只活的，其余的都死了。到了晚上，我的几只，也死了一半。因此，寄到上海的计划遂根本的打消了。从此以后，便也不再托人去捉，自己偶然捉来的，也都随手的放去了，那样不经久的东西，留下了它干什么用！不过孩子们却还热心的去捉。依真每天要捉至少三只以上用细绳子缚在铁杆上。有一次，曾有一只蝉居然带了红绳子逃去了；很长的一根红绳子，拖在后面，在风中飘荡着，很有趣味。

半个月过去了，有的时候，似乎蝉声略少，第二天却多了起来。虽然是叽……叽的不息的鸣着，却并不觉喧扰；所以大家都不讨厌它们。我却特别的爱听它们的歌唱，那样的高旷清远的调子，在什么音乐会中可以听得到！所以我每以蝉声将绝为虑，时时的干涉孩子们的捕捉。

到了一夜，狂风大作，雨点如从水龙头上喷出似的，向槛内廊上倾倒。第二天还不放晴。再过一天，晴了，天气却很凉，蝉声乃不再听见了！全山上在鸣唱着的却换了一种咭嘎……咭嘎……的急促而凄楚的调子，那是纺织娘。

"秋天到了。"我这样的说着，颇动了归心。

再一天，纺织娘还是咭嘎咭嘎的唱着。

然而，第三天早晨，当太阳晒得满山时，蝉声却又听见了！且很不少。我初听不信；叽……叽……叽格……叽格……那确是蝉声！纺织娘之声却又潜踪了。

蝉回来了，跟它回来的是炎夏。从箱中取出的棉衣又复放入箱中。下山之计遂又打消了。

谁曾于听了纺织娘歌声之后再听见蝉的夏曲呢？这是我的一个有趣的经验。

不速之客

这里离上海虽然不过一天的路程，但我们却以为上海是远了，很远了；每日不再听见隆隆的机器声，不再有一堆一堆的稿子待阅，不再有一束二束来往的信件。这里有的是白云，是竹林，是青山，如果整日的靠在红栏杆上，看看山，看看田野，看看书，那么，便可以完全与外面的世界隔绝。偶然的听着鸟声嚓格嚓格的唱着，或一只两只小鸟，如疾矢似的飞过槛外，或三五丛蝉声曼长的和唱着，却更足以显示出山中的静谧来。

然而我们每天却有两次或三次是要与上海及外面世界接触的；一次便是早晨八时左右邮差的降临，那是照例总有几封信及一束日报递来的。如果今天邮差迟了一点来，或没有信件，我们心里便有些不安逸。

"我有信没有？"一见绿衣人的急步喀喀喀的上了楼，便这样的问；有时在路上遇见了，那时时间是更早，也便以这样的问题问他。

他跑得满头是汗，从邮袋中取了信件、日报出来，便又匆匆的转身下楼。我到了山中不到三天，已与这个邮差熟悉。因为每次送这一带地方邮件的总是他。据他说，今年上山的人不到三百。因为熟悉了，在中途向他要信时，他当然不会不给的。

再一次是下午一时左右，那时带了外面的消息来的，又是邮差，且又是同样的那一个邮差，不过这一次是靠不住的，有时来，有时不来。

最后一次是夜间九时左右，那时是上海或杭州的旅客由山下坐了轿子

来的时候。因为滴翠轩的一部分是旅馆，所以常常有旅客来。我的房间隔壁，有两间空房，后面也有一间，这几个房间的住客是常常更换的。有时是官僚，有时是军人，有时是教育家，有时是学生，——我还曾在茶房扫除房间时，见到一封住客弃掉的诉说大学生生活的苦闷的信——有时是商人，有时是单身，有时是带了女眷。虽然我是不大同他们攀谈的，但见了他们的各式各样的脸，各式各样的举动，也颇有趣。不过他们来时，往往我们已经睡了。第二天一清晨，便听见老妈子们纷纷传说来的是什么样的人。有时，坐谈得迟了，便也看见他们的上山。大约每一二夜总有一批人来。一见轿夫挑夫的喧语，呼唤茶房的声音，楼梯上杂乱匆促的足步声，便知山客是又多了几个了。有时，坐在廊前，也看见对山有灯火荧荧的移动。老妈子们便道："又有人上山了。"刘妈道："一个，两个，还有一个，妈妈呀，轿子多着呢！今天来的人真不少呀！"这些人当然不是到滴翠轩来的，因为到滴翠轩是走老路近，而对山却是新路，轿夫们向来不走的。走新路的，都是到岭上各处别墅上去的。

第一次第二次的外面消息，是我们所最盼望的，因为载来的是与我们有关的消息。尤其热忱的来候着的是我。因为，箴没有和我同来，我几次写信去，总催她快些上山来。上海太热，是其一因，还有……

别离，那真不是轻易说的。如果你偶然孤身作客在外，如果你不是怕见你那母夜叉似的妻，如果你没有在外眷恋了别一个女郎，你必定会时时的想思到家中的她，必定会有一种说不出的离情别绪萦挂在心头的，必定会时时的因事，因了极小极小的事，而感到一种思乡或思家之情怀的。那是每个人都是这个样子的，无庸其讳言。即使你和她向来并不怎么和睦，常常要口角几声，隔了几天，且要大闹一次的，然而到了别离之后，你却在心头翻腾着对于她的好感。别离使你忘了她的坏处。而只想到了她，特别是她的好处。也许你们一见面，仍然要口角，再要拍桌子，摔东西的大闹，然而这时却有一根极坚固极大的无形的情线把你和她牵住，要使你们互相接近。你到了快归家时，你心里必定是"归心似箭"，你到了有机会时，必定要立刻的接了她出来同住。有几个朋友，在外间当教员的，一到暑假，经过上海回家时，必定是极匆忙的回去，多留一天也不肯。"他是急于要想和他夫人见面呢。"大家都嘲笑似的谈着。那不必笑，换了你，也是要如此的。

这也无庸讳言，我在这里，当然的，时时要想念到她。我写了好几封信给她，去邀她来。"如果路上没有伴，可叫江妈同来。"但她回了信，都说不能来。我们大约每天总有一封信来往，有时是两封信，然而写了信，读了信，却更引起了离别之感。偶然她有一天没有信来，那当然是要整天的不安逸的。

"铎，你不在，我怎么都不舒服，常常的无端生气，还哭了几次呢。你什么时候才能回来呢？"这是她在我走了第二日写来的信。

凄然的离情，弥漫了全个心头，眼眶中似乎有些潮润，良久，良久，还觉得不大舒适。

听心南先生说，有两位女同事写信告诉他，要到山上来住。那是很好的机会，可以与箴结伴同行的。我兴匆匆的写了信去约她。但她们却终于没有成行，当然她也不来了。我每天匆匆的工作着，预备早几天把要做的工做完。她既不能来，还是我早些回去吧。

有一次，我写信叫她寄了些我爱吃的东西来，她回信道："明后天有两位你所想不到的人上山来，我当把那些东西托他们带上。"

这两位我所想不到的人是谁呢？执了信沉吟了许久，还猜不出。也许是那两位女同事也要来了吧？也许是别的亲友们吧！我也曾写信去约圣陶、予同他们来游玩几天，也许竟是他们吧？

一天过去了，两天过去了，这两位还没有到，我几乎要淡忘了这件事。

第三夜，十点钟的光景，我已经脱了衣，躺在床上看书。倦意渐渐迫上眼睫，正要吹灭了油灯，楼梯上突然有一阵匆促的杂乱的足步声，这足步到了房门口，停止了。是茶房的声音叫道：

"郑先生睡了没有了？楼下有两位女客要找你。"

"是找我么？"

"她说的是要找你。"

我心头扑扑的跳着。女客？那两位女同事竟来了么？匆匆的穿上睡衣，黑漆漆的摸到楼梯边，却看不出站在门外的是谁。

"铎，你想得到是我来了么？"这是箴的声音，她由轿夫执的灯笼光中看见了我，"是江妈伴了我来的。"

这真是一位完全想不到的不速之客！

在山中，我的情绪没有比这一时更激动得厉害的了。

塔山公园

　　由滴翠轩到了对面网球场，立在上头的山脊上，才可以看到塔山；远远的，远远的，见到一个亭子立在一个最高峰上，那就是所谓塔山公园了。到山的第三天的清早，我问大家道："到塔山去好吗？"

　　朝阳柔黄的满山照着，鸟声细碎的嗍啾着，正是温凉适宜的时候，正是游山最好的时候。

　　大家都高兴去走走，但梦旦先生说，不一定要走到塔山，恐怕太远，也许要走不动。

　　缓缓的由林径中上了山；仿佛只有几步可以到顶上了，走到那处，上面却还有不少路，再走了一段，以为这次是到了，却还有不少路。如此的，"希望"在前引导着，我们终于到山脊。然后，缓缓的，沿山脊而走去。这山脊是全个避暑区域中最好的地方。两旁都是建造得式样不同的石屋或木屋，中间一条平坦的石路，随了山势而高起或低下。空地不少，却不像山下的一样，粗粗的种了几百株竹，它们却是以绿绿的细草铺盖在地上，这里那里的置了几块大石当做椅子，还有不少挺秀的美花奇草，杂植于平铺的绿草毡上。我们在那里，见到了优越的人为淘汰的结果。

　　一家一家的楼房构造不同，一家一家的园花庭草，亦布置得不同。在这山脊上走着，简直是参观了不少的名园。时时的，可于屋角的空隙见到远远的山峦，见到远远的白云与绿野。

走到这山脊的终点，又要爬高了，但梦旦先生有些疲倦了，便坐在一块界石上休息，没有再向前走的意思。

大家围着这个中途的界石而立着，有的坐在石阶上。静悄悄的还没有一个别的人，只有早起的乡民，满头是汗的挑了赶早市的东西经过这里，送牛奶面包的人也有几个经过。

大家极高兴的在那里谈天说地，浑忘了到塔山去的目的。太阳渐渐的高了，热了，心南看了看手表道：

"已经九点多了。快回去吃早餐吧。"

大家都立了起来，拍拍背后的衣服。拍去坐在石上所沾着的尘土，而上了归途。

下午，我的工作完了，便问大家道："现在到塔山去不去呢？"

"好的，"擘黄道，"只怕高先生不能走远道。"

高先生道："我不去，你们去好了。我要在房里微睡一下。"

于是我和心南、擘黄同去了。

到塔山去的路是很平坦的。由山后的一条很宽的泥路走去，后面的一带风景全可看到。山石时时有人在丁丁的伐采，可见近来建造别墅的人一天天的多了，连山后也已有了几家住户。

塔山公园的区域，并不很广大，都是童山，杂植着极小极小的竹树，只有膝盖的一半高。还有不少杂草；大树木却一株也没有。将到亭时，山势很高峭，两面石碑，立在大门的左右，是叙这个公园的缘起，碑字已为风雨所浸而模糊不清，后面所署的年月，却是宣统二年（？）。据说，近几年来，亭已全圯，最近才有一个什么督办，来山避暑，提倡重修。现在正在动工。到了亭上，果有不少工匠在那里工作，木料灰石，堆置得凌乱不堪。亭是很小的，四周的空地也不大，却放了四组的水门汀建造的椅桌，每组二椅一桌，以备游人野餐之用。亭的中央，突然的隆起了一块水门汀建的高丘，活象西湖西泠桥畔重建的小青墓。也许这也是当桌子用的，因为四周也是水门汀建的亭栏，可以给人坐。

再没有比这个亭更粗陋而不谐和的建筑物了，一点式样也没有，不知是什么东西，亭不像亭，塔不像塔，中不是中，西不是西，又不是中西的合璧，简直可以说是一无美感，一无知识者所设计的亭子。如果给工匠们自己随意去设计，也许比这样的式子更会好些。

所谓公园者，所谓亭子者不过如此！然而这是我们中国人在莫干山所建筑的唯一的公共场所。

亏得地势占得还不坏。立在亭畔，四面可眺望得很远。莫干山的诸峰，在此一一可以指点得出来，山下一畦一畦的田，如绿的绣毡一样，一层一层，由高而低，非常的有秩序。足下的岗峦，或起或伏，或趋或耸，历历可指，有如在看一幅地势实型图。

太阳已经渐渐的向西沉下，我们当风而立，略略的有些寒意。

那边有乌云起了，山与田都为一层阴影所蔽，隐隐的似闻见一阵一阵的细密的雨声。

"雨也许要移到这边来了，我们走吧。"

这是第一次的到塔山。

第二次去是在一个绝早的早晨。人是独自一个。

在山上，我们几乎天天看太阳由东方出来。倚在滴翠轩廊前的红栏杆，向东望着，我们便可以看到一道强光四射的金线，四面都是斑斓的彩云托着，在那最远的东方。渐渐的，云渐融消了，血红的血红的太阳露出了一角，而楼前便有了太阳光。不到一刻，而朝阳已全个的出现于地平线上了，比平常大，比平常红，却是柔和的，新鲜的，不刺目的，对着了这个朝阳而深深的呼吸着，真要觉得生命是在进展，真要觉得活力是已重生。满腔的朝气，满腔的希望，满腔的愉意，满腔的跃跃欲试的工作力！

怪不得晨鸟是要那样的对着朝阳宛转的歌唱着。

常常的在廊前这样的看日出。常常的移了椅子在阳光中，全个身子都浸没在它的新光中。

也许到塔山那个最高峰去看日出，更要好呢。泰山之观日出不是一个最动人的景色么？

一天，绝早，天色还黑着，我便起身，胡乱的洗漱了一下，立刻起程到塔山。天刚刚有些亮，可以看见路。半个行人也没有遇见。一路上急急的走着，屡次的回头看，看太阳已否升起。山后却是阴沉沉的。到了登上了塔山公园的长而多级的石阶时，才看见山头已有金黄色，东方是已经亮晶晶的了。

风虎虎的吹着，似乎要从背后把你推送上山去。愈走得高风愈大，真有些觉得冷栗，虽然是在六月，且穿上了夹衣。

飞快的飞快的上山，到了绝顶时，立刻转身向东望着，太阳却已经出来了，圆圆的红血的一个，与在廊前所见的一模一样，眼界并不见得因更高而有所不同。

在金黄的柔光中浸溶了许久许久才回去，到家还不过八时。

第三次，又到了塔山，是和心南先生全家去的，居然用到了水门汀的椅桌，举行了一次野餐会。离第一次到时，只有半个月，这里仿佛因工程已竣之故，到的人突多起来。空地上垃圾很不少，也无人去扫除。每个人下山时都带了不少只苍蝇在衣上帽上回去。沿路费了不少驱逐的工夫。

鸬鹚与鱼

　　夕阳的柔红光，照在周围十余里的一个湖泽上，没有什么风，湖面上绿油油的像一面镜似的平滑。一望无垠的稻田。垂柳松杉，到处点缀着安静的景物。有几只渔舟，在湖上碇泊着。渔人安闲的坐在舵尾，悠然的在吸着板烟。船头上站着一排士兵似的鸬鹚，灰黑色的，喉下有一大囊鼓突出来。渔人不知怎样的发了一个命令，这些水鸟们便都扑扑的钻没入水面以下去了。

　　湖面被冲荡成一圈圈的粼粼小波。夕阳光跟随着这些小波浪在跳跃。

　　鸬鹚们陆续的钻出水来，上了船。渔人忙着把鸬鹚们喉囊里吞装着的鱼，一只只的用手捏压出来。

　　鸬鹚们睁着眼望着。

　　平野上炊烟四起，袅袅的升上晚天。

　　渔人拣着若干尾小鱼，逐一的抛给鸬鹚们吃，一口便咽了下去。

　　提起了桨，渔人划着小舟归去。湖面上刺着一条水痕。鸬鹚们士兵似的齐整的站立在船头。

　　天色逐渐暗了下去。湖面上又平静如恒。

　　这是一幅很静美的画面，富于诗意，诗人和画家都要想捉住的题材。

　　但隐藏在这静美的画面之下的，却是一个惨酷可怖的争斗，生与死的争斗。

在湖水里生活着的大鱼小鱼们看来，渔人和鹈鹕们都是敌人，都是蹂躏它们，致它们于死的敌人。

但在鹈鹕们看来。究竟有什么感想呢？

鹈鹕们为渔人所喂养，发挥着它们捕捉鱼儿的天性，为渔人干着这种可怖的杀鱼的事业。它们自己所得的却是那么微小的酬报！

当它们兴高采烈的钻入水面以下时，它们只知道捕捉，吞食，越多越好。它们曾经想到过：钻出水面，上了船头时，他们所捕捉、所吞食的鱼儿们依然要给渔人所逐一捏压出来，自己丝毫不能享用的么？

它们要是想到过，只是作为渔人的捕鱼的工具，而自己不能享用时，恐怕它们便不会那么兴高采烈的在捕捉、在吞食罢。

渔人却悠然的坐在船梢，安闲的抽着板烟，等待着鹈鹕们为他捕捉鱼儿。一切的摆布，结果，都是他事前所预计着的。难道是"运命"在播弄着的么，渔人总是在"收着渔人之利"的；鹈鹕们天生的要为渔人而捕捉、吞食鱼儿；鱼儿们呢，仿佛只有被捕捉、被吞食的份儿，不管享用的是鹈鹕们或是渔人。

在人间，在沦陷区里，也正演奏着鹈鹕们的"为他人作嫁衣裳"的把戏。

郑
振
铎
精
品
集

21

当上海在暮影笼罩下，蝙蝠们开始在乱飞，狐兔们渐渐的由洞穴里爬了出来时，敌人的特工人员（后来是"七十六号"里的东西），便像夏天的臭虫似的，从板缝里钻出来找"血"喝。他们先拣肥的，有油的多血的人来吮、来咬、来吃。手法很简单：捉了去，先是敲打一顿，乱踢一顿——掌颊更是极平常的事——或者吊打一顿，然后对方的家属托人出来说情，破费了若干千万，喂得他们满意了，然后才有被释放的可能。其间也有清寒的志士们只好挺身牺牲，但不花钱的人恐怕很少。

某君为了私事从香港到上海来，被他们捕捉住，作为重庆的间谍看待。囚禁了好久才放了出来。他对我说：先要用皮鞭抽打，那尖长的鞭梢，内里藏的是钢丝，抽一下，便深陷在肉里去，抽了开去时，留下的是一条鲜血痕。稍不小心，便得受一掌、一拳、一脚。说时，他拉开裤脚管给我看，大腿上一大块伤痕，那是敌人用皮靴狠踢的结果。他不说明如何得释，但恐怕不会是很容易的。

那些敌人的爪牙们，把志士们乃至无数无辜的老百姓们捕捉着，吞食着。且偷、且骗、且抢、且夺的，把他们的血吮着、吸着、喝着。

爪牙们被喂得饱饱的，肥头肥脑的，享受着有生以来未曾享受过的"好福好禄"。所有出没于灯红酒绿的场所，坐着汽车疾驰过街时，大都是这些东西。

有一个坏蛋中最坏的东西，名为吴世宝的，出身于保镖或汽车夫之流，从不名一钱的一个街头无赖，不到几时，洋房有了，而且不止一所；汽车有了，而且也不止一辆；美妾也有了，而且也不止一个。有一个传说，说他的洗澡盆是用银子打成的，金子熔铸的食具以及其他用具，不知有多少。

他享受着较桀纣还要舒适奢靡的生活。

金子和其他的财货一天天的多了，更多了，堆积得恐怕连他自己也不知其数。都是从无辜无告的人那里榨取偷夺而来的。

怨毒之气一天天的深，有无数的流言怪语在传播着。

群众们侧目而视，重足而立；吴世宝这三个字，成为最恐怖的"毒物"的代名词。

他的主人（敌人）觉察到民怨沸腾到无可压制的时候，便一举手的把他逮捕了，送到监狱里去。他的财产一件件的被吐了出来——不知到底吐了多少。等到敌人，他的主人觉得满意了，而且说情的人也渐渐多了，才把他释放出来。但在临释的时候，却唆使猁狗咬断了他的咽喉。他被护送到苏州养伤，在受尽了痛苦之后，方才死去。

这是一个最可怖的鹈鹕的下场。

敌人博得了"惩"恶的好名，平息了一部分无知的民众的怨毒的怒火，同时却获得了吴世宝积恶所得的无数掳获物，不必自己去搜括。

这样的效法喂养鹈鹕的渔人的办法，最为恶毒不过。安享着无数的资产，自己却不必动一手，举一足。

鹈鹕们一个个的上场，一个个的下台。一时意气昂昂，一时却又垂头丧气。

然而没有一个狐兔或臭虫视此为前车之鉴的。他们依然的在搜括、在捕捉、在吞食，不是为了他们自己，却是为了他们的主人。

他们和鹈鹕们同样的没有头脑，没有灵魂，没有思想。他们一个个走上了同样的没落的路，陷落在同一的悲惨的命运里。然而一个个却都踊跃的向坟墓走去，不徘徊，不停步，也不回头。

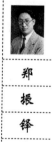

苦鸦子

乌鸦是那么黑丑的鸟，一到傍晚，便成群结阵的飞于空中，或三两只栖于树下，苦呀！苦呀的叫着，更使人起了一种厌恶的情绪。虽然中国许多抒情诗的文句，每每的把鸦美化了，如"寒鸦数点"、"暮鸦栖未定"之类，读来未尝不觉其美，等到一听见其声，思想的美感却完全消失了。心上所有的只是厌恶。

在山中也与在城市中一样，免不了鸦的干扰。太阳的淡金色光线，弱了，柔和了，暮霭渐渐的朦胧的如轻纱似的幔罩于岗峦之腰，田野之上，西方是血红的一个大圆盘悬在地平上，四边是金彩斑斓的云霞，点染在半天；工作之后，躺在藤榻上，有意无意地领略着这晚霞天气的图画。经过了这样静谧的生活的，准保他一辈子不会忘了，至少是要在城市的狭室中不时想起的。不幸这恬静可爱的山中的黄昏，却往往为苦呀苦呀的鸦声所乱。

有一天，晚餐吃得特别的早；几个老婆子趁着太阳光未下山，把厨房中盆碗等物都收拾好了，便也上楼靠在红栏杆上闲谈。

"苦呀，苦呀！"几只乌鸦栖在对面一株大树上，正朝着我们此唱彼和的歌叫着。

"苦鸦子！我们乡下人总说她是嫂嫂变的。"汤妈说。

江妈接着道：“我们那里也有这话。婆婆很凶，姑娘又会挑嘴，弄得嫂嫂常常受婆婆的气，还常常的打她，男人又一年间没有几时在家。有一次，她把米饭从后门给了些叫化的；她姑娘看见了，马上去告诉她的娘。还挑拨的说：‘嫂嫂常常把饭给人家。’于是婆婆生了大气，用后门的门闩，没头没脑的打了她一顿，她浑身是伤。气不过，就去投河。却为邻居看见了救起，把她湿淋淋的送回家。她婆婆、姑娘还骂她假死吓诈人。当夜，她又用衣带把自己吊死在床前了。过了几个月，她男人回家，他的娘却淡淡的说，她得病死了。但她的灵魂却变了乌鸦，天天在屋前树上苦呀苦呀的叫着。”

　　“做人家的媳妇实在不容易。”江妈接着说，“像我们那里媳妇吃苦的真不少！”

　　汤妈说：“可不是！前半年在少爷家里用的叶妈还不是苦到无处说！一天到晚打水，烧饭，劈柴，种田，摘豆子，她婆婆还常常的叽哩咕噜骂她。碰到丈夫好些的，也还好，有地方说说。她的丈夫却又是牛脾气，好赌。输了，总拿她来出气，打得呀，浑身是伤！有一次，她给我看，一身的青肿，半个月一个月还不会退。好容易来帮人家，虽然劳碌些，比在家里总算是好得多了。一月三块半工钱，一个也不能少，都要寄回家。她丈夫还时时来找她要钱！她说起来常哭！上一次，她不是辞了回家么？那是她丈夫为了赌钱的事，被人家打伤了，一定要她回去服侍。这一向都没有信来，问她乡里人也不知道。这一半年总不见得会出来了。”

　　江妈道：“汤奶奶你是好福气！说是童养媳，婆婆待你比自己的女儿还好。男人又肯干，家里积的钱不少，去年不是又买了几亩田么？你真可以回去享福了，汤奶奶！”

　　“那里的话！我们那里说得上享福两个字！我们的婆婆待我可真不差，比自己的姆妈还好！”

　　这时，一声不响的刘妈插嘴道：“汤奶奶待她婆婆也真是好；自己的娘病，还不大挂心，听说她婆婆有什么难过，就一定要回去看看的了！上次她婆婆还托人带了大棉袄给她。真是疼她！”

　　汤妈指着刘妈向江妈道：“她真可怜！人是真好，只可惜有些太老实，常给人欺负。她出来帮人家也是没法的。她家里不是少吃的，穿的，只是她婆婆太厉害了，不是打，就是骂；没有一天好日子过。自从她男人死了，婆婆更恨她入骨，说她是克夫。她到外边来，赛如在天堂上！"

刘妈一声不响的听着她在谈自己的身世。栏杆外面乌鸦还是一声苦呀苦呀在叫着，夜色已经成了深灰色了。

"刘妈，天黑了，怎么还不点灯？天天做的事都会忘了么！"她主妇的声音，严厉的由后房传出。

"噢，来了。"刘妈连忙的答应，慌慌张张的到后面去了。

"真作孽，像她这样的人，到处要给人欺负。"江妈说，"还好她是个呆子，看她一天到晚总是嘻嘻的笑脸。"

"不。"汤妈说，"别看她呆头呆脑的；她和我谈起来，时时的落泪呢。有一次，她给主妇大骂了一顿以后，她便跑到自己房里痛哭。到了夜里，我睡时，还听见她在呜咽的抽气！"

想不到刘妈是这样的一个人，自到山中来后，我们每以她为乐天的痴呆人，往往的拿她来取笑，她也从没有发怒过，谁晓得她原是这样的一个"苦鸦子！"

这时，黑夜已经笼罩了一切。江妈说："我也要去点灯了。"

"苦呀，苦呀！"的乌鸦已经静止，大约它们是栖定在巢中了。

黄昏的观前街

我刚从某一个大都市归来。那一个大都市，说得漂亮些，是乡村的气息较多于城市的。它比城市多了些乡野的荒凉况味，比乡村却又少了些质朴自然的风趣。疏疏的几簇住宅，到处是绿油油的菜圃，是蓬蒿没膝的废园，是池塘半绕的空场，是已生了荒草的瓦砾堆。晚间更是凄凉。太阳刚刚西下，街上的行人便已"寥若晨星"。在街灯如豆的黄光之下，踽踽的独行着，瘦影显得更长了，足音也格外的寂寥。远处野犬，如豹的狂吠着。黑衣的警察，幽灵似的扶枪立着。在前面的重要区域里，仿佛有"站住!""口号!"的呼叱声。我假如是喜欢都市生活的话，我真不会喜欢到这个地方；我假如是喜欢乡间生活的话，我也不会喜欢到这个所在。我的天! 还是趁早走了吧。(不仅是"浩然"，简直是"凛然有归志"了!)

归程经过苏州，想要下去，终于因为舍不得抛弃了车票上的未用尽的一段路资，蹉跎的被火车带过去了，归后不到三天，长个子的樊与矮而美髯的孙，却又拖了我逛苏州去。早知道有这一趟走，还不中途而下，来得便利么?

我的太太是最厌恶苏州的，她说舒舒服服的坐在车上，走不了几步，却又要下车过桥了。我也未见得十分喜欢苏州；一来是，走了几趟都买不到什么好书，二来是，住在阊门外，太像上海，而又没有上海的繁华。但这一次，我因为要换换花样，却拖他们住到城里去。不料竟因此而得到了一次永远不曾领略到的苏州景色。

我们跑了几家书铺，天色已渐渐的黑下来了，樊说："我们找一个地方吃饭吧。"饭馆里是那么样的拥挤，走了两三家，才得到了一张空桌。街上已上了灯。楼窗的外面，行人也是那么样的拥挤。没有一盏灯光不照到几堆子人的，影子也不落在地上，而落在人的身上，我不禁想起了某一个大城市的荒凉情景，说道："这才可算是一个都市！"

这条街是苏州城繁华的中心的观前街。玄妙观是到过苏州的人没有一个不熟悉的；那么粗俗的一个所在，未必有胜于北平的隆福寺，南京的夫子庙，扬州的教场。观前街也是一条到过苏州的人没有一个不曾经过的，那么狭小的一道街，三个人并列走着，便可以不让旁的人走，再加以没头苍蝇似的乱钻而前的人力车，或箩或桶的一担担的水与蔬菜，混合成了一个道地的中国式的小城市的拥挤与纷乱无秩序的情形。

然而，这一个黄昏时候的观前街，却与白昼大殊。我们在这条街上舒适的散着步，男人，女人，小孩子，老年人，摩肩接踵而过，却不喧哗，也不推拥。我所得到的苏州印象，这一次可说是最好。——从前不曾于黄昏时候在观前街散步过。半里多长的一条古式的石板街道，半部车子也没有，你可以安安稳稳的在街心踱方步。灯光耀耀煌煌的，铜的，布的，黑漆金字的市招，密簇簇的排列在你的头上，一举手便可触到了几块。茶食店里的玻璃匣，亮晶晶的在繁灯之下发光，照得匣内的茶食通明的映入行人眼里，似欲伸手招致他们去买几色苏制的糖食带回去。野味店的山鸡野兔，已烹制的，或尚带着皮毛的，都一串一挂的悬在你的眼前——就在你的眼前，那香味直扑到你的鼻上。你在那里，走着，走着。你如走在一所游艺园中，你如在暮春三月，迎神赛会的当儿，挤在人群里，跟着他们跑，兴奋而感到浓趣。你如在你的少小时，大人们在做寿，或娶亲，地上铺着花毯，天上张着锦幔，长随打杂老妈丫头，客人的孩子们，全都穿戴着崭新的衣帽，穿梭似的进进出出，而你在其间，随意的玩耍，随意的奔跑。你白天觉得这条街狭小，在这时，你才觉得这条街狭小得妙。她将你紧压住了，如夜间将自己的手放在心头，做了很刺激的梦；她将你紧紧的拥抱住了，如一个爱人身体的热情的拥抱；她将所有的宝藏，所有的繁华，所有的可引动人的东西，都陈列在你的面前，即在你的眼下，相去不到三尺左右，而别用一种黄昏的灯纱笼罩了起来，使它们更显得隐约而动情，如一位对窗里面的美人，如一位躲于绿帘后的少女。她假如也像别的都市的街道那样的开朗阔大，那么，你便将永远感不到这种亲切的繁华的况味，你便将永远受不到这种紧紧的箍压于你的全身，你的全心的燠暖而温馥的情趣了。你平常觉得这条街闲人太多，过于拥挤，在这时却正显得人多的好处。你看人，人也看你；你的左边是一位时装的小姐，你的右边是几位随了丈夫、父亲上城的乡姑，你的前面是一二位步履维艰的道地的苏州老，一二位尖帽薄履的苏式少年，你偶然回过头来，你的眼光却正碰在一位容光射人，衣饰过丽的少奶奶的身上。你的团团转转都是人，都是无关系的无关心的最驯良的人；你可以舒舒适适的踱着方步，一点也不用担心什么。这里没有乘机的偷盗，没有诱人入魔窟的"指导者"，也没有什么电掣风驰，左冲右撞的一切车子。每一个人都是那么安闲的散步着，散步着；川流不息的在走，肩摩踵接的在走，他们永不会猛撞着你身上而过。他们是走得那么安闲，那么小心。你假如偶然过于大意的撞了人，或踏了人的足——那是极不经见的事！他们抬眼望了望你，你对他们点点头，表示歉意，也就算了。大家都感到一种的亲切，一种的无损害，一种的无忧无虑的生活；大家都似躲在一个乐园中，在明月之下，绿林之间，悠闲的微步着，忘记了园外的一切。

那么鳞鳞比比的店房，那么密密接接的市招，那么耀耀煌煌的灯光，那么狭狭小小的街道，竟使你抬起头来，看不见明月，看不见星光，看不见一丝一毫的黑暗的夜天。她使你不知道黑暗，她使你忘记了这是夜间。啊，这样的一个"不夜之城"！

"不夜之城"的巴黎，"不夜之城"的伦敦，你如果要看，你且去歌剧院左近走着，你且去辟加德莱圈散步，准保你不会有一刻半秒的安逸；你得时时刻刻的担心，时时刻刻的提防着，大都市的灾害，是那么多，每个人都是匆匆的走马灯似的向前走，你也得匆匆的走；每个人都是紧张着，矜持着，你也自然得会紧张着，矜持着。你假如走惯了黄昏时候的观前街，你在那里准得要吃大苦头。除非你已将老脾气改得一干二净。你假如为店铺中的窗中的陈列品所迷住了，譬如说，你要站住了仔仔细细的看一下，你准得要和后面的人猛碰一下，他必定要诧异的望了望你，虽然嘴里说的是"对不起"。你也得说："对不起"，然而你也饱受了他，以至他们的眼光的奚落。你如走到了歌剧院的阶前，你如走到了那尔逊的像下，你将见斗大的一个个市招或广告牌，在闪闪发光；一片的灯光，映射得半个天空红红的。然而那里却是如此的开朗敞阔、建筑物又是那么的宏伟，人虽拥挤，却是那样的藐小可怜，Taxi 和 Bus 也如小甲虫似的，如红蚁似的在一连串的走着。大半个天空是黑漆漆的，几颗星在冷冷的睐着眼看人。大都市的荣华终敌不住黑夜的侵袭。你在那里，立了一会，只要一会，你便将完全的领受到夜的凄凉了。像观前街那样的煦暖温馥之感，你是永远得不到的。你在那里是孤零的，是寂寞的，算不定会有什么飞灾横祸光临到你身上，假如你要一个不小心。像在观前街的那么舒适无虑的亲切的感觉，你也是永远不会得到的。

有观前街的煦暖温馥与亲切之感的大都市，我只见到了一个委尼司；即在委尼司的 St. Mark 方场的左近。那里也是充满了闲人，充满了紧压在你身上的煦暖的情趣的；街道也是那么狭小，也许更要狭，行人也是那么拥挤，也许更要拥挤，灯光也是那么辉辉煌煌的，也许更要辉煌。有人口口声声的称呼苏州为东方的委尼司；别的地方，我看不出，别的时候，我看不出，在黄昏时候的观前街，我却深切的感到了。——虽然观前街少了那么弘丽的 Piazza of St. Mark，少了那么轻妙的此奏彼息的乐队。

蝴蝶的文学

一

春送了绿衣给田野，给树林，给花园；甚至于小小的墙隅屋角，小小的庭前阶下，也点缀着新绿。就是油碧色的湖水，被春风潋潋的吹动，山间的溪流也开始淙淙汩汩的流动了；于是黄的、白的、红的、紫的、蓝的，以及不能名色的花开了，于是黄的、白的、红的、黑的、以及不能名色的蝴蝶们，从蛹中苏醒了，舒展着美的耀人的双翼，栩栩在花间，在园中飞了；便是小小的墙隅屋角，小小的庭前阶下，只要有新绿的花木在着的，只要有什么花舒放着的，蝴蝶们也都栩栩的来临了。

蝴蝶来了，偕来的是花的春天。

当我们在和暖宜人的阳光底下，走到一望无际的开放着金黄色的花的菜田间，或杂生着不可数的无名的野花的草地上时，大的小的蝴蝶们总在那里飞翔着。一刻飞向这朵花，一刻飞向那朵花，便是停下了，双翼也还在不息不住的扇动着。一群儿童嬉笑着追逐在它们之后，见它们停下了，悄悄的便蹑足走近，等到他们走近时，蝴蝶却又态度闲暇的舒翼飞开了。

呵，蝴蝶！它便被追，也并不现出匆急的神气。

——日本的俳句，我乐作

在这个时候，我们似乎感到全个宇宙都耀着微笑，都泛溢着快乐，每个生命都在生长，在向前或向上发展。

二

在东方，蝴蝶是我们最喜欢的东西之一，画家很高兴画蝶。甚至于在我们古式的帐眉上，常常是绘饰着很工细的百蝶图，——我家以前便有二幅帐眉是这样的。在文学里，蝴蝶也是他们所很喜欢取用的题材之一。歌咏蝴蝶的诗歌或赋，继续的产生了不少。梁时刘孝绰有《咏素蝶》一诗：

> 随蜂绿绕蕙，避雀隐青薇。
> 映日忽争起，因风乍共归。
> 出没花中见，参差叶际飞。
> 芳华幸勿谢，嘉树欲相依。

同时如简文帝（萧纲）诸人也作有同题的诗。于是明时有一个钱文荐的做了一篇《蝶赋》，便托言梁简文与刘孝绰同游后园，"见从风蝴蝶，双飞花上"。孝绰就作此赋以献简文。此后，李商隐、郑谷、苏轼诸诗人并有咏蝶之作，而谢逸一人作了蝶诗三百首，最为著名，人称之为"谢蝴蝶"。

> 叶叶复翻翻，斜桥对侧门。
> 芦花唯有白，柳絮可能温？
> 西子寻遗殿，昭君觅故村。
> 年年方物尽，来别败兰荪。

——李商隐作

寻艳复寻香，似闲还似忙。
暖烟深蕙径，微雨宿花房。
书幌轻随梦，歌楼误采妆。
王孙深属意，绣入舞衣裳。

——郑谷作

双肩卷铁丝，两翅晕金碧。
初来花争妍，忽去鬼无迹。

——苏轼作

何处轻黄双小蝶，翩翩与我共徘徊。
绿阴芳草佳风月，不是花时也解来。

——陆游作

桃红李白一番新，对舞花前亦可人。
才过东来又西去，片时游遍满园春。
江南日暖午风细，频逐卖花人过桥。

——谢逸作

像这一类的诗，如要集在一起，至少可以成一大册呢。然而好的实在是没有多少。

在日本的俳句里，蝴蝶也成了他们所喜咏的东西，小泉八云曾著有《蝴蝶》一文，中举咏蝶的日本俳句不少，现在转译十余首于下。

就在睡中吧，它还是梦着在游戏——呵，草的蝴蝶。

——护物作

醒来！醒来！——我要与你做朋友，你睡着的蝴蝶。

——芭蕉作

呀，那只笼鸟眼里的忧郁的表示呀；——它妒羡着蝴蝶！

——作者不明

当我看见落花又回到枝上时，——呵！它不过是一只蝴蝶！

——守武作

蝴蝶怎样的与落花争轻呵

——春海作

看那只蝴蝶飞在那个女人的身旁——在她前后飞翔着。

——素园作

哈！蝴蝶！——它跟随在偷花者之后呢！

——丁涛作

可怜的秋蝶呀！它现在没有一个朋友，却只跟在人的后边呀！

——可都里作

至于蝴蝶们呢，他们都只有十七八岁的姿态。

——三津人作

蝴蝶那样的游戏着，——一若在这个世界上没有一个敌人似的！

——作者未明

呀，蝴蝶！——它游戏着，似乎在现在的生活里，没有一点别的希求。

——一茶作

在红花上的是一只白的蝴蝶，我不知是谁的魂。

——子规作

我若能常有追捉蝴蝶的心肠呀！

——杉长作

三

　　我们一讲起蝴蝶，第一便会联想到关于庄周的一段故事。《庄子齐物论》道："昔者庄周梦为蝴蝶，栩栩然蝴蝶也，自喻适志与，不知周也。俄然觉，则蘧蘧然周也。不知周之梦为蝴蝶与？蝴蝶之梦为周与？周与蝴蝶，则必有分矣。此之为物化。"这一段简短的话，又合上了"庄子妻死，惠子吊之。庄子方箕踞，鼓盆而歌"（《至乐篇》的一段话，后来便演变成了一个故事。这故事的大略是如此：庄周为李耳的弟子，尝昼寝梦为蝴蝶，"栩栩然于园林花草之间，其意甚适。醒来时，尚觉臂膊如两翅飞动，心甚异之。以后不时有此梦。"他便将此梦诉之于师。李耳对他指出夙世因缘。原

来那庄生是混沌初分时一个白蝴蝶，因偷采蟠桃花蕊，为王母位下守花的青鸾啄死。其神不散，托生于世做了庄周。他被师点破前生，便把世情看做行云流水，一丝不挂。他娶妻田氏，二人共隐于南华山。一日，庄周出游山下，见一新坟封土未干，一少妇坐于冢旁，用扇向冢连扇不已，便问其故。少妇说，她丈夫与她相爱。死时遗言，如欲再嫁，须待坟土干了方可。因此举扇扇之。庄子便向她要过扇来，替她一扇，坟土立刻干了。少妇起身致谢，以扇酬他而去。庄子回来，慨叹不已。田氏闻知其事，大骂那少妇不已。庄子道："生前个个说恩深，死后人人欲扇坟。"田氏大怒，向他立誓说，如他死了，她决不再嫁。不多几日，庄子得病而死。死后七日，有楚王孙来寻庄子，知他死了，便住于庄子家中，替他守丧百日。田氏见他生得美貌，对他很有情意。后来，二人竟恋爱了，结婚了。结婚时，王孙突然的心疼欲绝。王孙之仆说，欲得人的脑髓吞之才会好。田氏便去拿斧劈棺，欲取庄子之脑髓。不料棺盖劈裂时，庄子却叹了一口气从棺内坐起。田氏吓得心头乱跳，不得已将庄子从棺内扶出。这时，寻王孙时，他主仆二人早已不见了。庄子说她道："甫得盖棺遭斧劈，如何等待扇干坟！"又用手向外指道："我教你看两个人。"田氏回头一看，只见楚王孙及其仆踱了进来。她吃了一惊，转身时，不见了庄生，再回头时，连王孙主仆也不见了。"原来此皆庄生分身隐形之法。"田氏自觉羞辱不堪，便悬梁自缢而死。庄子将她尸身放入劈破棺木时，敲着瓦盆，依棺而歌。

这个故事，久已成了我们的民间传说之二。最初将庄子的两段话演为故事的在什么时代，我们已不能知道，然在宋金院本中，已有《庄周梦》的名目）。其后元明人的杂剧中，更有几种关于此故事的：

　　　　鼓盆歌庄子叹骷髅

　　　　　　　　　　　　　　　　　　　一本（李寿聊作）

　　　　老庄周一枕蝴蝶梦

　　　　　　　　　　　　　　　　　　　一本（史九敬先作）

庄周半世蝴蝶梦

一本（明无名氏作）

这些剧本现在都已散逸，所可见到的只有《今古奇观》第二十回《庄子休鼓盆成大道》一篇东西。然诸院本杂剧所叙的故事，似可信其与《今古奇观》中所叙者无大区别。可知此故事的起源，必在南宋的时候，或更在其前。

四

韩凭妻的故事较庄周妻的故事更为严肃而悲惨。宋大夫韩凭，娶了一个妻子，生得十分美貌。宋康王强将凭妻夺来。凭悲愤自杀。凭妻悄悄的把她的衣服弄腐烂了。康王同她登高台远眺。她投身于台下而死。侍臣们急握其衣，却着手化为蝴蝶。（见《搜神记》）

由这个故事更演变出一个略相类的故事。《罗浮旧志》说："罗浮山有蝴蝶洞在云峰岩下，古木丛生，四时出彩蝶，世传葛仙遗衣所化。"

我少时住在永嘉，每见彩色斑斓的大凤蝶，双双的飞过墙头时，同伴的儿童们都指着他们而唱道："飞，飞！梁山伯，祝英台！"《山堂肆考》说："俗传大蝶出必成双，乃梁山伯、祝英台之魂，又韩凭夫妇之魂，皆不可晓。"梁祝的故事，与韩凭夫妻事是绝不相类的，是关于蝴蝶的最凄惨而又带有诗趣的一个恋爱的故事。这个故事的来源不可考，至现在则已成了最流传的民间传说。也许有人以为它是由韩凭夫妻的故事蜕化而出，然据我猜想，这个故事似与韩凭夫妻的故事没有什么关系。大约是也许有的地方流传着韩凭夫妻的故事，便以那飞的双凤蝶为韩凭夫妻。有的地方流传着梁山伯祝英台的故事，便以那双飞的凤蝶为梁山伯祝英台。

梁山伯是梁员外的独生子，他父亲早死了。十八岁时，别了母亲到杭州去读书。在路上遇见祝英台；祝英台是一个女子，假装为男子，也要到杭州去读书。二人结拜为兄弟，同到杭州一家书塾里攻学。同居了三年，山伯始终没有看出祝英台是女子。后来，英台告辞先生回家去了；临别时，

郑振铎精品集

悄悄的对师母说，她原是一个女子，并将她恋着山伯的情怀诉述出。山伯送英台走了一程；她屡以言挑探山伯，欲表明自己是女子，而山伯俱不悟。于是，她说道，她家中有一个妹妹，面貌与她一样，性情也与她一样，尚未定婚，叫他去求亲。二人就此相别。英台到了家中，时时恋念着山伯，怪他为什么好久不来求婚。后来，有一个马翰林来替他的儿子文才向英台父母求婚，他们竟答应了他。英台得知这个消息，心中郁郁不乐。这时，山伯在杭州也时时恋念着英台，——是朋友的恋念。一天，师母见他忧郁不想读书的神情，知他是在想念着英台，便告诉他英台临别时所说的话，并述及英台之恋爱他。山伯大喜欲狂，立刻束装辞师，到英台住的地方来。不幸他来得太晚了，太晚了！英台已许与马家了！两人相见述及此事，俱十分的悲郁。山伯一回家便生了病，病中还一心恋念着英台。他母亲不得已，只得差人请英台来劝慰他。英台来了，他的病觉得略好些。后来，英台回家了，他的病竟日益沉重而至于死。英台闻知他的死耗，心中悲抑如不欲生。然她的喜期也到了。她要求须先将喜轿抬至山伯墓上，然后至马家，他们只得允许她这个要求。她到了坟上，哭得十分伤心，欲把头撞死在坟石上，亏得丫环把她扯住了。然山伯的魂灵终于被她感动了，坟盖突然的裂开了。英台一见，急忙钻入坟中。他们来扯时，坟石又已合缝，只见她的裙儿飘在外面而不见人。后来他们去掘坟。坟掘开了，不惟山伯的尸体不见，便连英台的尸体也没有了，只见两个大凤蝶由坟的破处飞到外面，飞上天去。他们知道二人是化蝶飞去了。

这个故事感动了不少民间的少年男女。看它的结束甚似《华山畿》的故事。《古今乐录》说："华山畿者，宋少帝耐《懊恼》一曲，亦变曲也。少帝时南徐一士子，从华山畿往云阳，见客舍有女子，年十八九。悦之无因，遂感心疾。母问其故，具以启母，母为至华山寻访，见女，具说，女闻感之，因脱蔽膝；令母密置其席下，卧之当已。少日果差。忽举席见蔽膝而抱持，遂吞食而死。气欲绝，谓母曰：'葬时，车载从华山度。'母从其意。比至女门，牛不肯前，打拍不动。女曰：'且待须臾。'装点沐浴既而出，歌曰：'华山畿，君既为侬死，独活为谁施！欢若见怜时，棺木为侬开。'棺应声开。女遂入棺！家人扣打，无如之何，乃合葬，呼曰神女冢。"也许便是从《华山畿》的故事里演变而成为这个故事的。

五

梁山伯祝英台以及韩凭夫妻，在人间不能成就他们的终久的恋爱，到了死后，却化为蝶而双双的栩栩的飞在天空，终日的相伴着。同时又有一个故事，却是蝶化为女子而来与人相恋的。《六朝录》言：刘子卿住在庐山，有五彩双蝶，来游花上，其大如燕。夜间，有两个女子来见他，说，"感君爱花间之物，故来相谐，君子其有意乎？"子卿笑曰，"愿伸缱绻。"于是这两个女子便每日到子卿住处来一次，至于数年之久。

蝶之化为女子，其故事仅见于上面的一则，然蝶却被我东方人视为较近于女性的东西。所以女子的名字用"蝶"字的不少，在日本尤其多。（不过男子也有以蝶为名）现在舞女尚多用蝶花、蝶吉、蝶之助等名。私人的名字，如"谷超"（kocho）或"超"（Cho），其意义即为蝴蝶。陆奥的地方，尚存称家中最幼之女为太郭娜（Tekona）之古俗，太郭娜即陆奥土语之蝴蝶。在古时，太郭娜这个字又为一个美丽的妇人的别名。

然在中国蝶却又为人所视为轻薄无信的男子的象征。粉蝶栩栩的在花间飞来飞去，一时停在这朵上，隔一瞬，又停在那一朵花上，正如情爱不专一的男子一样。又在我们中国最通俗的小说如《彭公案》之类的书，常见有花蝴蝶之名；这个名字是给予那些喜爱任何女子的色情狂的盗贼的。他们如蝴蝶之闻花的香气即飞去寻找一样，气见有什么好女子，便追踪于他们之后，而欲一逞。

这个地方，所指的蝴蝶便与上文所举的不同，已变为一种慕逐女子的男性，并非上文所举的女性的象征了。所以，蝴蝶在我们东方的文学里，原是具有异常复杂的意义的。

六

蝶在我们东方，又常被视为人的鬼魂的显化。梁祝及韩凭的二故事，似也有些受这个通俗的观念的感发。这种鬼魂显化的蝶，有时是男子显化的，有时是女子显化的。《春渚纪闻》说，"建安章国老之室宜兴潘氏，既归国老，不数岁而卒。其终之日，室中飞蝶散满，不知其数，闻其始生，亦复如此。即设灵席，每展遗像，则一蝶停立久久而去。后遇避讳之日，与曝像之次，必有一蝶随至，不论冬夏也。其家疑其为花月之神。"这个故事还未说蝶就是亡去少妇的魂。《癸辛杂识》所记的二事，乃直捷的以蝶为人的魂化。"杨昊字明之，娶江氏少女，连岁得子。明之客死之明日，有蝴蝶大如掌，徊翔于江氏旁，竟日乃去。及闻讣，聚族而哭，其蝶复来，绕江氏，饮食起居不置也。盖明之未能割恋于少妻稚子，故化蝶以归尔。……杨大芳娶谢氏，亡未殓。有蝶大如扇，其色紫褐，翩翩自帐中徘徊飞集窗户间，终日乃去。"

　　日本的故事中，也有一则关于魂化为蝶的传说。东京郊外的某寺坟地之后，有一间孤另另立着的茅舍，是一个老人名为高滨（Takahama）的所住的房子。他很为邻居所爱，然同时人又多目之为狂。他并不结婚，所以只有一个人。人家也没有看见他与什么女子有关系。他如此孤独的住着，不觉已有五十年了。某一年夏天，他得了一病，自知不起，便去叫了弟媳及她的一个三十岁的儿子来伴他。某一个晴明的下午，弟媳与她的儿子在床前看视他，他沉沉的睡着了。这时有一只白色大蝶飞进屋，停在病人的枕上。老人的侄用扇去逐它，但逐了又来。后来它飞出到花园中，侄也追出去，追到坟地上。它只在他面前飞，引他深入坟地。他见这蝶飞到一个妇人坟上，突然的不见了。他见坟石上刻着这妇人名明子（Akiko），死于十八岁。这坟显然已很久了，绿苔已长满了坟石上。然这坟收拾得干净，鲜花也放在坟前，可见还时时有人在看顾她。这少年回到屋内时，老人已于睡梦中死了，睑上现出笑容。这少年告诉母亲在坟地上所见的事，他母亲道："明子！唉！唉！"少年问道："母亲，谁是明子？"母亲答道："当你伯父年少时，他曾与一个可爱的女郎名明子的定婚。在结婚前不久，她患肺病而死。他十分的悲切。她葬后，他便宣言此后永不娶妻，且筑了这座小屋在坟地旁，以便时时可以看望她的坟。这已是五十年前的事了。在这五十年中，你伯父不问寒暑，天天到她坟上祷哭，且以物祭之。但你伯父对人并不提起这事。所以，现在，明子知他将死，便来接他：那大白蝶是他的魂呀。"

　　在日本又有一篇名为《飞的蝶簪》的通俗戏本，其故事似亦是从鬼魂化蝶的这个概念里演变出。蝴蝶是一个美丽的女子，因被诬犯罪及受虐待而自杀。欲为她报仇的人怎么设法也寻不出那个害她的人。但后来，这个死去妇人的发簪，化成了一只蝴蝶，飞翔于那个恶汉藏身的所在之上面，指导他们去捉他，因此得报了仇。

七

《蝴蝶梦》一剧是中国古代很流行的剧本之一。宋金院本中有《蝴蝶梦》的一个名目，元剧中有关汉卿的一本《包待制三勘蝴蝶梦》，又有萧德祥的一本同名的剧本。现在关汉卿的一本尚存在于《元曲选》中。

这个戏剧的故事，也是关于蝴蝶的，与上面所举的几则却俱不同。大略是如此：王老生了三个儿子，都喜欢读书。一天，他上街替儿子买些纸笔，走得乏了，在街上坐着歇息，不料因冲着马头，却被骑马的一个势豪名葛彪的打死了，三个儿子听见父亲为葛彪打死，便去寻他报仇，也把他打死了。他们都被促进监狱。审判官恰是称为中国的苏罗门的包拯。当他大审此案之前，曾梦自己走进一座百花烂漫的花园，见一个亭子上结下个蛛网。花间飞来一个蝴蝶，正打在网上，却又来了一个大蝴蝶，把它救出。后来，又来第二个蝴蝶打在网中，也被大蝴蝶救了。最后来了一个小蝴蝶，打在网中，却没有人救，那大蝴蝶两次三番只在花丛上飞，却不去救。包拯便动了恻隐之心，把这小蝴蝶放走了。醒来时，却正要审问王大王二王三打死葛彪的案子。他们三个人都承认葛彪是自己打死的，不干兄或弟的事。包拯说，只要一个人抵命，其他二人可以释出。便问他们的母亲，要那一个去抵命。她说，要小的去。包拯道："为什么？小的不是你养的么？"母亲悲哽的说道："不是的，那两个，我是他们的继母，这一个是我的亲儿。"包拯为这个贤母的举动所感动，便想道："梦见大蝴蝶救了两个小蝶，却不去救第三个，倒是我去救了他。难道便应在这一件事上么？"于是他假判道："王三留此偿命。"同时却悄悄的设法，把王三也放走了。

41

八

还有两则放蝶的故事，也可以在最后叙一下。

唐开元的末年，明皇每至春时，即旦暮宴于宫中，叫嫔妃们争插艳花。他自己去捉了粉蝶来，又放了去。看蝶飞止在那个嫔妃的上面，他便也去止宿于她的地方。后来因杨贵妃专宠，便不复为此戏（见《开元天宝遗事》）。

　　这一则故事，没有什么很深的意味，不过表现出一个淫佚的君王的轶事的一幕而已。底下的一则，事虽略觉滑稽，却很带着人道主义的精神。

　　"长山王进士岅生为令时，每听讼，按律之轻重，罚令纳蝶自赎。堂上千百齐放，如风飘碎锦；王乃拍案大笑。一夜，梦一女子衣裳华好，从容而入曰：'遭君虐政，姊妹多物故，当使君先受风流之小谴耳。'言已，化为蝶，回翔而去。明日，方独酌署中，忽报直指使至，皇遽而去。闺中戏以素花簪冠上，忘除之，直指见之，以为不恭，大受斥骂而返。由是罚蝶令遂止。"（见《聊斋志异》卷十五）

山中的历日

　　"山中无历日"，这是一句古话，然而我们在山中却把历日记得很清楚。我向来不记日记，但在山上却有一本日记，每日都有二三行的东西写在上面。自七月二十三日，第一日在山上醒来时起，直到了最后的一日早晨，即八月二十一日，下山时止，无一日不记。恰恰的在山上三十日，不多也不少，预定的要做的工作，在这三十日之内，也差不多都已做完。

　　当我离开上海时，一个朋友问我："什么时候可以回来？"

　　"一个月。"我答道。真的，不多也不少，恰是一个月。有一天，一个朋友写信来问我道："你一天的生活如何呢？我们只见你一天一卷的原稿寄到上海来，没有一个人不惊诧而且佩服的。上海是那样的热呀，我们一行字也不能写呢。"

　　我正要把我的山上生活告诉他们呢。在我的二十几年的生活中，没有像如今的守着有规则的生活，也没有像如今的那么努力的工作着的。

　　第一晚，当我到了山上时，已经不早了，滴翠轩一点灯火也没有。我问心南先生道："怎么黑漆漆的不点灯？"

　　"在山上，我们已成了习惯，天色一亮就起来，天色一黑就去睡，我起初也不惯，现在却惯了。到了那时，自然而然的会起来，自然而然的过去睡。今夜，因为同家母谈话，睡得迟些，不然，这时早已入梦了。家中人，除了我们二人外，他们都早已熟睡了。"心南先生说。

我有些惊诧，却不大相信。更不相信在上海起迟眠迟的我，会服从了这个山中的习惯。

然而到了第二天绝早，心南先生却照常的起身。我这一夜是和他暂时一房同睡的，也不由得不起来，不由得不跟了他一同起身。"还早呢，还只有六点钟。"我看了表说。

"已经是太晚了。"他说。果然，廊前太阳光已经照得满墙满地了。

这是第一次，我倚了绿色的栏杆——后来改漆为红色的，却更有些诗意了——去看山景。没有奇石，也没有悬岩，全山都是碧绿色的竹林和红瓦黑瓦的洋房子。山形是太平衍了。然而向东望去，却可看见山下的原野。一座一座的小山，都在我们的足下，一畦一畦的绿田，也都在我们的足下。几缕的炊烟，由田间升起，在空中袅袅的飘着，我们知道那里是有几家农户了，虽然看不见他们。空中是停着几片的浮云。太阳照在上面，那云影倒映在山峰间，明显的可以看见。

"也还不坏呢，这山的景色。"我说。

郑
振
铎
精
品
集

44

"在起了云时，漫山的都是云，有的在楼前，有的在足下，有时浑不见对面的东西，有时，诸山只露出峰尖，如在海中的孤岛，这简直可称为云海，那才有趣呢。我到了山时，只见了两次这样的奇景。"心南先生说。

这一天真是忙碌，下山到了铁路饭店，去接梦旦先生他们上山来。下午，又东跑跑，西跑跑。太阳把山径晒得滚热的，它又张了大眼向下望着，头上是好像一把火的伞。只好在邻近竹径中走走就回来了。

在山上，雨是不预约就要落下来的，看它天气还好好的，一瞬眼间，却已乌云蔽了楼檐，沙沙的一阵大雨来了。不久，眼望着这块大乌云向东驶去，东边的山与田野现出阴郁的样子，这里却又是太阳光满满的照着了。

"伞在山上倒是必要的；晴天可以挡太阳，下雨的时候可以挡雨。"我说。

这一阵雨过去后，天气是凉爽得多了，我便又独自由竹林间的一条小山径，寻路到瀑布去。山径还不湿滑，因为一则沿路都是枯落的竹叶躺着，二则泥土太干，雨又下得不久。山径不算不峻峭，却异常的好走。足踏在干竹叶上，柔柔的如履铺了棉花的地板，手攀着密集的竹干，一干一干地递扶着，如扶着栏杆，任怎么峻峭的路，都不会有倾跌的危险。

莫干山有两个瀑布，一个是在这边山下，一个是碧坞。碧坞太远了，听说路也很险。走过去，要经过一条只有一尺多阔的栈道，一面是绝壁，一面是十余丈深的山溪，轿子是不能走过的，只好把轿子中途弃了，两个轿夫牵着游客的双手，一前一后的把他送过去。去年，有几个朋友到那里去游，却只有几个最勇敢的这样走了过去，还有几个却终于与轿子一同停留在栈道的这边，不敢过去了。这边的山下瀑布，路途却较为好走，又没有碧坞那么远，所以我便渴于要先去看看——虽然他们都要休息一下，不大高兴走。

瀑布的气势是那么样的伟大，瀑布的景色是那么样的壮美；那么多的清泉，由高山石上，倾倒而下，水声如雷似的，水珠溅得远远的，只要闭眼一想，便知它是如何的迷人呀！我少时曾和数十个同学一同旅行到南雁荡山。那边的瀑布真不少，也真不小。老远的老远的，便看见一道道的白练布由山顶挂了下来，却总是没有走到。经过了柔湿的田道，经过了繁盛的村庄，爬上了几层的山，方才到了小龙湫。那时是初春，还穿着棉衣。长途的跋涉，使我们都气喘汗流。但到了瀑布之下，立在一块远隔丈余的石上时，细细的水珠却溅得你满脸满身都是，阴凉的，阴凉的，立刻使你一点的热感都没有了；虽穿了棉衣，还觉得冷呢。面前是万斛的清泉，不休的只向下倾注，那景色是无比的美好，那清而弘大的水声，也是无比的美好。这使我到如今还记念着，这使我格外的喜爱瀑布与有瀑布的山。十余年来，总在北京与上海两处徘徊着，不仅没有见什么大瀑布，便连山的影子也不大看得见。这一次之到莫干山，小半的原因，因为那山有瀑布。

山径不大好走，时而石级，时而泥径，有时，且要在荒草中去寻路。亏得一路上溪声潺潺。沿了这溪走，我想总不会走得错的。后来，终于是走到了。但那水声并不大，立近了，那水珠也不会飞溅到脸上身上来。高虽有二丈多高，阔却只有两个人身的阔。那么样委靡的瀑布，真使我有些失望。然而这总算是瀑布，万山静悄悄的，连鸟声也没有，只有几张照相的色纸，落在地上，表示曾有人来过。在这瀑布下留连了一会，脱了衣服，洗了一个身，濯了一会足，便仍旧穿便衣，与它告别了。却并不怎么样的惜别。

刚从林径中上来，便看见他们正在门口，打算到外面走走。

"你去不去?"擘黄问我。

"到哪里去?"我问道。

"随便走走。"

我还有余力，便跟了他们同去。经过了游泳池，个个人喧笑的在那里泅水，大都是碧眼黄发的人，他们是最会享用这种公共场所的。池旁，列了许多座位，预备给看的人坐，看的人真也不少。沿着这条山径，到了新会堂，图书馆和幼稚园都在那里。一大群的人正从那里散出，也大都是碧眼黄发的人。沿着山边的一条路走去，便是球场了。球场的规模并不小，难得在山边会辟出这么大的一个地方。场边有许多石级凸出，预备给人坐，那边贴了不少布告，有一张说："如果山岩崩坏了，发生了什么意外之事，避暑会是不负责的。"我们看那山边，围了不少层的围墙。很坚固，很坚固，那里会有什么崩坏的事。然而他们却要预防着。在快活的打着球的，也都是碧眼黄发的人。

梦旦先生他们坐在亭上看打球，我们却上了山脊。在这山脊上缓缓的走着，太阳已将西沉，把那无力的金光亲切的抚摩我们的脸。并不大的凉风，吹拂在我们的身上，有种说不出的舒适之感。我们在那里，望见了塔山。

心南先生说："那是塔山，有一个亭子的，算是莫干山最高的山了。"望过去很远，很远。

晚上，风很大，半夜醒来，只听见廊外虎虎的啸号着，仿佛整座楼房连基底都要为它所摇撼。

山中的风常是这样的。

这是在山中的第一天。第二天也没有做事。到了第三天，却清早的起来，六点钟时，便动手作工。八时吃早餐，看报，看来信，邮差正在那时来。九时再做，直到了十二时。下午，又开始写东西，直到了四时。那时，却要出门到山上走走了。却只在近处，并不到远处去。天未黑便吃了饭。随意闲谈着。到了八时，却各自进了房。有时还看看书，有时却即去睡了。一个月来，几乎天天是如此。

下午四时后，如不出去游山，便是最好的看书时间了。

山中的历日便是如此，我从来没有过着这样的有规则的生活过!

六月一日

大雷雨之后，不料又继之以大雷雨。

南京路成了屠兽场。被杀者之血，溅满了好几丈阔，好几丈长的东方最繁华的街道，染得灰色的路变作紫红色。但被几阵的自来水的冲洗，街血也便随了染成红色的水，流到沟中，流到黄埔江中，流到大海中，而不见什么痕迹。街道又回复最繁华的状态。车马与行人，走过屠兽场时，已不见一点的屠杀的标记。整洁的灰色路，仍旧是整洁的灰色。然而，在有"人"的心者的眼中、脑中，红红的被屠杀者的血，是永远洗涤不去的。红色的帘，似永远的挂着。他们悲愤，郁怒，至于极点。于是第二天，便是冷静的镇定的商界，也不能不被这大雷雨所震动（虽然是被强迫的），而决议于六月一日罢市了。

六月一日是异常可纪念的一天。清晨，所有的商店都未将昨夜安放上的店门卸下。一条一条的街道，两旁的店门都关闭得紧紧的。正似旧历新年元旦的清晨。门板上贴了无数的大的、小的、写的、印刷的传单。有的是红色的，有的是蓝色、黑色。街上行人极多。南京路屠兽场一带，群众尤较平日为拥挤。学生们以更勇敢的精神，在四处散发着传单。无数的市民帮助着他们，或将传单贴于柱或板上，或代为转播，人人都激动着，在兴奋中带着悲愤，似在战场上的复仇武士。电车中空空的，一个乘客也没有。无知的乘客不是没有，却都被群众所阻止，所拖下。群众聚集得更多了。密密的，黑压压的拥挤于两个"太太们的乐园"之前。显然的，这是一个密云未雨的时期。

如此的经过了几个小时。

屠杀者呢？他们竟忘记了我们的群众么？前日的大屠杀，是已餍足了他们的渴欲饮血的贪念么？不然，不然！他们正在预备第二次的大宴呢。隔了不久，大雷雨便又开始了。

在以前的屠兽场之前方，他们又开辟了一座大屠杀场。

在这次大屠杀未开始时，先之以自来水的冲击。他们以最粗的水管，向密集的群众冲着。当其冲的，立刻被击倒了几个人。他们是受伤了。浑身是水的人无数。街道上，全是水流，被滑倒的也不少。然群众未即退尽。勇敢的还未肯带着全身湿淋淋的衣服回家。"愤怒"是在群众的头顶上飞翔。

立刻，屠杀者又施展其"有驱散群众最好的效果"的手段了。一队全武装者向群众跑步而来。指挥者下了一个暗令，于是那些武装的野兽，便擎枪向群众放去。这完全出于我们的群众的意外！他们满以为"血"是不至于再见，水已是现在最够用的驱散群众的工具呢。万不料，屠杀竟又开始！这是一个绝大的霹雷，震得群众心胆俱碎，莫知所措。在后者见前者奔避不遑，则亦努力向后飞逃。而惨酷无伦的枪声，即于群众惊扰时，陆续的向他们放射。劈劈啪啪的不断的响着。无辜者的血，飞溅在街道上，又将它染成紫红色。伤者倒在地上呻吟，死者静静的躺着，血如川流似的从伤口涌出，群众已四向奔避得无一人留着。同来的伴侣，谁也不能相顾。伤者不能扶去，更不能一临视死者。屠杀者的伤车，如已预约好似的，即于是时，驶到伤亡遍地的大屠场，从事于收检，死者是一车二车的载去，伤者又是一车二车的载去。于是，又是几阵自来水的冲洗，溅满街道的无辜者之血，又随了染成红色的水，流到沟中，流到黄埔江中，流到大海中，而不见什么痕迹。整洁的灰色路，仍旧是整洁的灰色，又不见一点屠杀的标记。但这条东方最繁华的街道，却自此荒芜了许久，却自此沉寂如墟墓，许久未回复其繁华的状态。谁也不忍走过，不敢走过。第二次的大雷雨，证实了屠杀者是以屠杀为游戏的！

无辜者的血，在有"人"的心者的眼中、脑中，永远是红红的洗涤不去。红色的帘似永远的挂着。

最后一课

口头上慷慨激昂的人，未见得便是杀身成仁的志士。无数的勇士，前仆后继的倒下去，默默无言。

好几个汉奸，都曾经做过抗日会的主席。首先变节的一个国文教师，却是好使酒骂座，惯出什么"富贵不能淫，威武不能屈"一类题目的东西；说是要在枪林弹雨里上课，绝对的宁为玉碎，不为瓦全的一个校长，却是第一个屈膝于敌伪的教育界之蟊贼。

然而默默无言的人们，却坚定的作着最后的打算，抛下了一切，千山万水的，千辛万苦的开始长征，绝不作什么为国家保存财产、文献一类的借口的话。

上海国军撤退后，头一批出来做汉奸的都是些无赖之徒，或憨不畏死的东西。其后，却有"我不入地狱谁入地狱"的维持地方的人物出来了。再其后，却有以"救民"为幌子，而喊着同文同种的合作者出来。到了珍珠港的袭击以后，自有一批最傻的傻子们相信着日本政策的改变，在做着"东亚人的东亚"的白日梦，吃尽了"独苦"，反以为"同甘"，被人家拖着"共死"，却糊涂到要挣扎着"同生"。其实，这一类的东西也不太多。自命为聪明的人物，是一贯的利用时机，作着升官发财的计划。其或早或迟的蜕变，乃是作恶的勇气够不够，或替自己打算得周到不周到的问题。

默默无言的坚定的人们，所想到的只是如何抗敌救国的问题，压根儿不曾梦想到"环境"的如何变更，或敌人对华政策的如何变动、改革。

所以他们也有一贯的计划，在最艰苦的情形之下奋斗着，绝对的不作"苟全"之梦；该牺牲的时机一到，便毫不踌躇的踏上应走的大道，义无返顾。

十二月八号是一块试金石。

这一天的清晨，天色还不曾大亮，我在睡梦里被电话的铃声惊醒。

"听到了炮声和机关枪声没有？"C 在电话里说。

"没有听见。发生了什么事？"

"听说日本人占领租界，把英国兵缴了械，黄浦江上的一只英国炮舰被轰沉，一只美国炮舰投降了。"

接连的又来了几个电话，有的从报馆里的朋友打来的，事实渐渐的明白。

英国军舰被轰沉，官兵们凫水上岸，却遇到了岸上的机关枪的扫射，纷纷的死在水里。

日本兵依照着预定的计划，开始从虹口或郊外开进租界。被认为孤岛的最后一块弹丸地，终于也沦陷于敌手。

我匆匆的跑到了康脑脱路的暨大。

校长和许多重要的负责者们都已经到了。立刻举行了一次会议。简短而悲壮的，立刻议决了："看到一个日本兵或一面日本旗经过校门时，立刻停课，将这大学关闭结束。"

太阳光很红亮的晒着，街上依然的熙来攘往，没有一点异样。

我们依旧的摇铃上课。

我授课的地方，在楼下临街的一个课室，站在讲台上，可以望得见街。

学生们不到的人很少。

"今天的事"，我说道，"你们都已经知道了吧。"学生们都点点头。"我们已经议决，一看到一个日本兵或一面日本旗经过校门，立刻便停课，并且立即的将学校关闭结束。"

学生们的脸上都显现着坚毅的神色，坐得挺直的，但没有一句话。

"但是我这一门功课还要照常的讲下去，一分一秒也不停顿，直到看见了一个日本兵或一面日本旗为止。"

我不荒废一秒钟的工夫，开始照常的讲下去。学生们照常的笔记着，默默无声的。

这一课似乎讲得格外的亲切，格外的清朗，语音里自己觉得有点异样；似带着坚毅的决心，最后的沉着；像殉难者的最后的晚餐；像冲锋前的士兵们的上了刺刀，"引满待发"。

然而镇定，安详，没有一丝紧张的神色。该来的事变，一定会来的。一切都已准备好。

谁都明白这"最后一课"的意义。我愿意讲得愈多愈好；学生们愿意笔记得愈多愈好。

讲下去，讲下去，讲下去。恨不得把所有的应该讲授的东西，统统在这一课里讲完了它；学生们也沙沙的不停的在抄记着。心无旁用，笔不停挥。

别的十几个课室里也都是这样的情形。

对于要"辞别"的，要"离开"的东西，觉得格外的恋恋。黑板显得格外的光亮，粉笔是分外的白而柔软适用，小小的课桌，觉得十分的可爱，学生们靠在课椅的扶手上，抚摩着，也觉得十分的难分难舍。那晨夕与共的椅子，曾经在扶手上面用钢笔，铅笔，或铅笔刀，有意识或无意识的涂写着，刻划着许多字或句的，如何舍得一旦离别了呢！

街上依然的平滑光鲜，小贩们不时的走过，太阳光很有精神的晒着。

我的表在衣袋里低低的嗒嗒的走着，那声音仿佛听得见。

郑
振
铎
精
品
集

51

没有伤感，没有悲哀，只有坚定的决心，沉毅异常的在等待着；等待着最后一刻的到来。

远远的有沉重的车轮辗地的声音可听到。

几分钟后，有几辆满载着日本兵的军用车，经过校门口，由东向西，徐徐的走过，当头一面旭日旗，血红的一个圆圈，在迎风飘荡着。

时间是上午十时三十分。

我一眼看见了这些车子走过去，立刻挺直了身体，作着立正的姿势，沉毅的阖上了书本，以坚决的口气宣布道：

"现在下课！"

学生们一致的立了起来，默默的不说一句话；有几个女生似在低低的啜泣着。

没有一个学生有什么要问的，没有迟疑，没有踌躇，没有彷徨，没有顾虑。个个都已决定了应该怎么办，应该向哪一个方面走去。

赤热的心，像钢铁铸成似的坚固，像走着鹅步的仪仗队似的一致。

从来没有那么无纷纭的一致的坚决过，从校长到工役。

这样的，光荣的国立暨南大学在上海暂时结束了她的生命。默默的在忙着迁校的工作。

那些喧哗的慷慨激昂的东西们，却在忙碌的打算着怎样维持他们的学校，借口于学生们的学业，校产的保全与教职员们的生活问题。

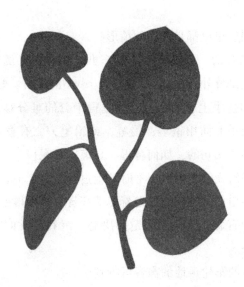

离　别

一

　　别了，我爱的中国，我全心爱着的中国。当我倚在高高的船栏上，见着船渐渐的离岸了，船与岸间的水面渐渐的阔了，见着许多亲友挥着白巾，挥着帽子，挥着手，说着 Adieu，Adieu！听着鞭炮劈劈拍拍的响着，水兵们高呼着向岸上的同伴告别时，我的眼眶是润湿了，我自知我的泪点已经滴在眼镜面了，镜面是模糊了，我有一种说不出的感动！

　　船慢慢的向前驶着，沿途见了停着的好几只灰色的白色的军舰。不，那不是悬着青天白日满地红的国旗的，它们的旗帜是"红日"，是"蓝白红"，是"红蓝交叉着"的联合旗，是有"星点红条"的旗！

　　两岸是黄土和青草，再过去是两条的青痕，再过去是地平上的几座小岛山，海水满盈盈的照在夕阳之下，浪涛如顽皮的小童似的跳跃不定。水面上呈现出一片的金光。

　　别了，我爱的中国，我全心爱着的中国！

　　我不忍离了中国而去，更不忍在这大时代中放弃每人应该做的工作而去，抛弃了许多亲爱的勇士们在后面，他们是正用他们的血建造着新的中国，正在以纯挚的热诚争斗着，奋击着。我这样不负责任的离开了中国，我真是一个罪人！

然而我终将在这大时代中工作着的，我终将为中国而努力，而呈献了我的身，我的心；我别了中国，为的是求更好的经验，求更好的奋斗的工具。暂别了，暂别了。在各方面争斗着的勇士们，我不久即将以更勇猛的力量加入你们当中了。

当我归来时，我希望这些悬着"红日"的，"蓝白红"的，有"星点红条"的，"红蓝条交叉着"的一切旗帜的白色灰色的军舰都不见了，代替它们的是我们的可喜爱的悬着我们的旗帜的伟大舰队。

如果它们那时还没有退出中国海，还没有为我们所消灭，那么，来，勇士们，我将加入你们的队中，以更勇猛的力量，去压迫它们，去毁灭它们！

这是我的誓言！

别了，我爱的中国，我全心爱着的中国！

二

别了，我最爱的祖母、母亲、妹妹以及一切亲友们！我没有想到我动身得那么匆促。我决定动身，是在行期前的七天；跑去告诉祖母和许多亲友们，是在行期前的五天。我想我们的别离至多不过是两年、三年，然而我心里总有一种离愁堆积着。两三年的时光，在上海住着是如燕子疾飞似的匆匆滑过去了，然而在孤身栖止于海外的游子看来，是如何漫长的一个时间呀！在倚闾而望游子归来的祖母、母亲们和数年来终日聚首的爱友们看来，又是如何漫长的一个时期呀！祖母在半年来，身体又渐渐的回复康健了，精神也很好，所以我敢于安心远游。要在半年前，我真的不忍与她相别呢！然而当她听见我要远别的消息时，她口里不说什么，还很高兴的鼓励着我，要我保重自己的身体，在外不像在家，没有人细心照应了，饮食要小心，被服要盖得好些，落在床下是不会有人来拾起了；又再三叮嘱着我，能够早回，便早些回来。她这些话是安舒的慈爱的说着的，然而在她慢缓的语声中，在她微蹙的眉尖上，我已看出她是满孕着难告的苦闷与别意。不忍与她的孩子离别，而又不忍阻挡他的前进，这其间是如何的踌躇苦恼，不安！人非铁石，谁不觉此！第二天，第三天，她的筋痛的旧病，便又微微的发作了。这是谁的罪过！行期前一天的晚上，我去向她告别，勉强装出高兴的样子，要逗引开她的忧怀别绪；她也勉强装着并不难过的样子，这还不是她也怕我伤心么？在强装的笑容间，我看出万难遮盖的伤别的阴影。她强忍着呢！以全力忍着呢！母亲也是如此，假定她们是哭了，我一定要弃了我离国的决心！一定的！这夜临别时，我告诉她们说，第二天还要来一次。但是，不，第二天。我决不敢再去向她们告别了。我真怕摇动了我的离国的决心！我宁愿负一次说谎的罪，我宁愿负一次不去拜别的罪！

岳父是真希望我有所成就的，他对于我的离国，用全力来赞助。他老人家仆仆的在路上跑，为了我的事，不知有几次了！托人，找人帮忙，换钱……都是他在忙着。我不知将如何说感谢的话好！然而临别时，他也不免有戚意。我看他扶着箴，在太阳光中，忙乱的码头上站着，挥着手，我真的感动得说不出话来。

许多朋友，亲戚……他们都给我以在我预想以上之帮忙与亲切的感觉，这使我更不忍于离别了！

果然如此的轻于言离别，而又在外游荡着，一无成就，将如何的伤了祖母、母亲、岳父以及一切亲友的心呢！

别了，我最爱的祖母以及一切亲友们！

三

当我与岳父同车到商务去时，我首先告诉他我将于二十一日动身了。归家时，我将这话第二次告诉给箴，她还以为我是与她开开玩笑的。

"哪里的话！真的要这末快就动身么？"

"哪一个骗你，自然是真的，因为有同伴。"

她还不信，摇摇头道："等爸爸回来问他看。你的话不能信。"

岳父回家，她真的去问了。

"哪里会假的；振铎一定要动身了，只有六七天工夫。快去预备行装！"

他微笑的说着。

箴有些愕然了："爸爸也骗我！"

"并没有骗你，是一点不假的事。"他正经的说道。

她不响了，显然的心上罩了一层殷浓的苦闷。

"铎，你为什么这样快动身？再等几时，八月间再走不好么？"箴的话有些生涩，不如刚才的轻快了。

一天天的过去，我们俩除同去置办行装外，相聚的时候很少。我每天还去办公，因为有许多事要结束。

每个黄昏，每个清晨，她都以同一的凄声向我说道："铎，不要走了吧！"

"等到八月间再走不好么？"

我踌躇着，我不能下一个决心，我真的时时刻刻想不走。去年我们俩一天的相离，已经不可忍受了，何况如今是两三年的相别呢？

我真的不想走！

"泪眼相见，觉无语幽胭。"在别前的三四天已经是如此了。每天的早餐，我都咽不下去，心上似有千百重的铅块压着，说不出的难过。当护照没有签好字时，箴暗暗的希望着英、法领事拒绝签字，于是我可以不走了。我也竟是如此暗暗的希望着。

当许多朋友请我们饯别宴上，我曾笑对他们说道："假定我不走呢，吃了这一顿饭要不要奉还？"这不是一句笑话，我是真的这样想呢。即日在整理行装时，我还时时的这样暗念着："姑且整理整理，也许去不成。"

然而护照终于签了字，终于要于第二天动身了。

只有动身的那一天早晨，我们俩是始终的聚首着。我们同倚在沙发上。有千万语要说，却一句也都说不出，只是默默的相对。

箴呜咽的哭了，我眼眶中也装满了热泪。谁还吃得下午饭呢！

码头上，握了手后，我便上船了，船上催送客者回去的铃声已经丁丁的摇着了。我倚在船栏上，她站在岳父身边，暗暗的在拭泪。中间隔的是几丈的空间，竟不能再一握手，再一谈话。此情此景，将何以堪！最后，岳父怕她太伤心了，便领了她先去。那临别的一瞬，她已经不能再有所表示了，连手也不能挥送，只慢慢的走出码头，她的手握着白巾，在眼眶边不停的拭着。我看着她的黄色衣服，她的背影，渐渐的远了，消失在过道中了！

"黯然魂消者惟别而已矣！"

Adieu！Adieu！

希望几个月之后——不敢望几天或几十天，在国外再有一次"不速之客"的经历。

"别离"那真不是容易说的！

林冲在电影里

好久以前，就有几位同志想把《水浒传》里的若干故事拍摄成电影。这愿望在电影《林冲》里初步实现了。我看过了《林冲》的试映之后，发表些我个人的意见。

把"文学名著"的故事拍摄为电影的工作，不仅仅是向观众介绍了那些"文学名著"，无疑的，更重要的，是通过科学的处理，把那些故事里的精华与糟粕分别开来，并着重地介绍其精华的部分，这样，才能使那些故事能够有益于今天的观众。这个艺术的、科学的重行处理的事业，必须谨慎的、有方向的、有新的观点的加以重写。歌德的《浮士德》，席莱的《取火者的被释放》，不是都以他们当时的进步的思想与感情，把那些"老故事"加以改写重编而成为新的"名著"的么？既要改写或重编，就要把那些"老故事"大大地加以选择或改变一番面貌，使之起到新的作用。所以，故事虽老，而面貌则要常新。

如果新的改写或重编，仅仅地只是追逐于"老故事"的后面，一点也没有什么新的"意义"，一点也不添加新的思想、感情进去，这便不是什么新的作品，而只是旧名著的复述而已，而且一定是会招致"失败"的。我们看苏联编写的"文学名著"的电影，便是有选择，有重点的。茅盾同志写的《豹子头林冲》那篇小说，值得大家拿来一读。我们读了之后便会明白《故事新编》究竟是怎么一回事。当然鲁迅先生的《故事新编》也给予把老故事写成新创作者许多明白的指示。

闲话少提，且说《林冲》。在《水浒传》里，"林冲"的故事，是许许多多的"官逼民反"的典型故事之一。林冲他自己虽然不是一个官员，却也是吃着皇家粮饷的一个京师八十万禁军枪棒教头。他是一个奉公守法的人。他娶了一个贤惠的娘子，他的家庭生活很快乐。夫妇结婚了三年，不曾红过一次脸。但无端地却遇上一场不幸的飞灾横祸。他们同到东岳庙烧香，他的娘子却被高俅的儿子看见，爱上了她，一心想霸占她。从此，高俅他们便想出了种种计谋，恶毒地把无辜的林冲解配到沧州充军，还叫解差们在中途杀害了他。要不是鲁智深救了他，他已是死了的人。后来，他到了沧州，又被高俅遣人火烧了草料场，要烧死他，即使烧不死也可陷害他以死罪。亏得他因草屋被大雪压塌，住到山神庙里去，躲过了这场灾祸，并杀了被遣来害他的人们。但自此以后，这个安分守法的良民却不得不投奔到梁山泊落草去了。这不是一个典型的"官逼民反"的故事么？像这样的故事，在中国古老的封建社会是演之又演的，封建社会的阶级矛盾，乃至因之而产生的种种不公平的法律和黑无天日的官僚地主阶级的统治与压迫，没有一刻不在表演着像《林冲》那样的无辜的良民被逼害的故事。有的比林冲遭遇更坏的，便被坑害以死；有的则像林冲那样地成为"起义"的英雄好汉。

在这个电影里，我们所看到的林冲是能够不失《水浒传》的作者所铸造的面貌的，也相当地能够描绘出封建社会的黑暗面和老百姓们所受的压迫的痛苦。像一个小摊贩，无故地被恶人们推翻了他的摊子，把货物打得稀烂，却扬长地若无事人似地走开去了的那样的添加的场面，是会增加故事的戏剧的效果的。

虽然新的气氛还不够多，进一步的，科学的处理方法，还有待于我们的尝试，再尝试，但在现在，看了这部电影，确能令人引起对于过去封建社会的压迫的愤怒与悲痛的感情。这便是它的相当成功之处。这部电影，和演同一故事的李开先的《宝剑记》、陈与郊的《灵宝刀》，都能够表现不同的时代精神和不同的处理办法。关于林冲夜奔那一场，《宝剑记》是以全力描绘着的，但在电影里便不能显得过分突出，但他的下了决心去投奔梁山的情绪还是可以看得出的。

　　《林冲》只是初步的尝试。进一步地研究如何以马克思、列宁主义的立场、观点、方法来处理"老故事"，乃是我们应该共同努力的方向。伟大的成就在等待着我们。

烧书记

我们的历史上，有了好几次的大规模的"烧书"之举。秦始皇统一六国后，便来了一次烧书。"史官非《秦纪》，皆烧之。非博士官所职，天下敢有藏'诗''书'百家语者，悉诣守尉杂烧之。有敢偶语'诗''书'者弃市。以古非今者族。吏见知不举者与同罪。令下三十日，不烧，黥为城旦。所不去者，医药卜筮种树之书，若欲有学法令，以吏为师。"这是最彻底的烧书，最彻底的愚民之计，和一般殖民地政府，不设立大学而只开设些职业、工艺学校者，有异曲同工之妙。此后，烧书的事，无代无之。有的烧历史文献，以泯篡夺之迹；有的烧佛教、道教的书，以谋宗教上的统一；有的烧淫秽的书，以维持道德的纯洁。近三百年，则有清代诸帝的大举烧书。我们读了好几本的所谓"全毁""抽毁"书目，不禁凛然生畏；至今尚觉得在异族铁蹄下的文化生活的如何窒塞难堪！

"八·一三"后，古书、新书之被毁于兵火之劫者多矣。就我个人而论，我寄藏于虹口开明书店里的一百多箱古书，就在八月十四日那一天被烧，烧得片纸不存。我看见东边的天空，有紫黑色的烟云在突突的向上升，升得很高很高，然后随风而四散，随风而淡薄，被烧的东西的焦渣，到处的飘坠。其中就有许多有字迹的焦纸片。我曾经在天井里拾到好几张，一触手便粉碎；但还可以辨识得出些字迹，大约是教科书之类居多。我想，我的书能否捡得到一二张烧焦了的呢？——那时，我已经知道开明书店被烧的情形——当然，这想头是很可笑的。就捡得到了又有什么意义；还不是徒增忉怛与愤激么？

这是兵火之劫；未被劫的还安全的被保存着。所遭劫的还只是些不幸的一二隅之地。但到了"一二·八"敌兵占领了旧租界后，那情形却大是不同了。

我们听到要按家搜查的消息，听到为了一二本书报而逮捕人的消息，还听到无数的可怖的怪事，奇事，惨事。

许多人心里都很着急起来，特别是有"书"的人家。他们怕因"书"惹祸，却又舍不得割爱，又不敢卖出去——卖出去也没有人敢要。有好几个友人，天天对书发愁。

"这部书会有问题么？"

"这个杂志留下来不要紧么？"

"到底是什么该留的，什么不该留的？"

"被搜到了，有什么麻烦没有？"

个个人在互相的询问着，打听着。但有谁能够说明哪几部书是有问题的，或哪些东西是可留的呢？

我那时正忙于烧毁往来有关的信件，有关的记载，和许多报纸、杂志及抗日的书籍——连地图也在内。

我硬了心肠在烧。自己在壁炉里生了火，一包包，一本本，撕碎了，扔进去，眼看它们烧成了灰，一蓬蓬的黑烟从烟通里冒出来，烧焦了的纸片，飞扬到四邻，连天井里也有了不少。

心头像什么梗塞着，说不出的难过。但为了特殊的原因，我不能不如此小心。

连秋白送给我的签了名的几部俄文书，我也不能不把它们送进壁炉里去。

我觉得自己实在太残忍了！我眼圈红了不止一次，有泪水在落。是被烟熏的吧？

实在舍不得烧的许多书，却也不能不烧。踌躇又踌躇，选择又选择；有的头一天留下了，到了第二三天又狠了心把它们烧了。有的，已经烧了，心里却还在惋惜，觉得很懊悔，不该把它们烧去。

但有了第一次淞沪战争时虹口、闸北一带的经验——有《征倭论》一类的书而被杀，被捉的人不少——自然不能不小心。对于发了狂的兽类，有什么理可讲呢！

整整的烧了三天。我翻箱倒箧的搜查着，捧了出来，动员孩子们在撕在烧。

"爸爸，这本书很好玩，留下来给我吧。"孩子们恳求着。

我难过极了！我也何尝不想留下来呢？但只好摇摇头，说道："烧了吧，下回去买好一点的书给你。"

在这时候，就有好些住在附近的朋友们在问，什么书该烧，什么书不必烧。

我没法回答他们，领了他们到壁炉边去。

"你自己看吧。我在烧着呢。但我的情形不同，你自己斟酌着办吧。"

这一场烧书的大劫，想起来还有余栗与余憾。

不烧，不是至今还无恙么？

但谁能料得到呢？

把它们设法寄藏到别的地方去吧。

但为什么要"移祸"呢？这是我所绝对不肯做的事。

这是我不能不狠心动手烧的一个原因。

但也实在有些人把自认为"不安全"的书寄藏到别人家里的。

这还是出于自动的烧。究竟自动烧书的人还不多。大量的"违碍"的书报还储藏在许多人家里。有许多人不肯烧，不想烧，也有人不知道烧，甚至有人压根儿没有想到这件事。

过了不久，敌人的文化统制的手腕加强了。他们通过了保甲的组织，挨户挨家的通知，说：凡有关抗日的书籍、杂志、日报等等，必须在某天以前，自动烧毁或呈缴出来。否则严惩不贷。

同时，在各书店，各图书馆，搜查抗日书报，一车车的载运而去，不知运向何方，也不知它们的运命如何。

这一次烧书的规模大极了！差不多没有一家不在忙着烧书的。他们不耐烦呈缴出去，只有出于烧之一途。最近若干年来的报纸、杂志遭劫最甚。

有许多人索性把报纸、杂志全都烧毁了，免得惹起什么麻烦。

外间谣传说，连包东西的报纸，上面有了什么抗日的记载，也要追究、捕捉的。

因之，旧报纸连包东西的资格也被取消了。

最可怜的是，有的朋友已经到了内地去，他们的书籍还藏在家里。或寄存在某友处。家里的人到处打听，问要紧不要紧，甚至去问保甲处的人。他们当然说要紧的，甚至还加上些恫吓的话。

于是，不分青红皂白的，他们把什么书全都付之一炬；只要是有字的，无不投到了火炉里去。

记得清初三令五申的搜求"禁书"的时候，有些藏书家的后人，为了省得惹祸，也是将全部古书整批的烧了去。

这个书劫，实在比兵，比火，比水等等大劫更大得多，更普遍而深入得多了！

一这样纷扰了近一个多月，始终不曾见敌伪方面有什么正式的文告。又有人说，这是出于误会，日本人方面并没有这个意思。

于是烧书的火渐渐的又灭了，冷了，终至不再有人提起这件事。

不烧的人，忘了烧的人，特地要小心保存这类抗日文献的人，当然也有。

许多抗日文献还保存得不少。像《文汇年刊》之类，我家里便还保存着，忘记了烧。

书如何能烧得尽呢？"野火烧不尽，春风吹又生。"以烧书为统制的手法，徒见其心劳日拙而已。

但愿这种书劫，以后不再有！

杂

记

杂谈（二十一则）

一　集锦小说

中国式的文人（？）以文章为游戏的，到现在还没有敛迹。在上海《新闻报·快活林》上，登有集锦小说许多篇，这种小说是由好几个人合作一篇的。如以前做联句一样，此唱而彼和；今天由你开始，明天请他续。咳！小说是什么东西，也可以这样做的么了？以文学为游戏的习气不铲除净尽，中国文学界的前途是永远没有希望的！

二　复活

复活是一个很好的名辞，但我现在在上海听了，却有些头痛。香艳体的小说杂志《礼拜六》，居然以充分的原来面目，大呼"复活"，而出现于现在的上海文学界（？）中。黑幕小说在一二年前已经缩头不出的，现在也大肆活动，居然有复活之状态。它们一复活，多少的青年男女的思想与行动，就要受它们的断送了。"复活"呀，我真不愿意听见你这个名字。

三　奇异的剿袭法

　　我前几天接到一位泰卢先生的来信，他说："《仁善的小孩》一篇小说，读了一遍，好像'久别重逢'；觉得重头的情节，深深地印在脑膜，磨拭不去。究竟一时决不定在什么地方？时候？见过。把书本掩住了，仔细一想：六年前，天笑生《病院》的创作，情节简直是一样。……我生性好奇，常和人家打无谓的'笔头官司'。今番特向你们声明，并没有旁的意思。实在含蓄的是：（一）张晋既译阿英村司原著，难道是剿袭天笑生的旧作？（二）文学上的作品，或者有'英雄所见'略同；然而决没有如此巧合。（三）当时天笑生或者也从原著译出，文人狡狯，戏侮人们，也是意想中的事。"

　　我很感谢泰卢先生，因为他告诉我这一段事。他所猜想的三层，我以为是末一层对了。因为张晋先生这一篇译文是在北京崇文门内松竹寺，从一本俄文译本中转译出来的。虽然是极卑鄙龌龊的人，也决不会把人家的"旧作"（？）钞来，安上一个外国人名，就当是自己翻译的。这样的把戏，在中国还没有开始演过呢。而"文学上的作品"虽有"英雄所见"略同的地方，"然而决没有如此巧合。"所以我想来想去，只可以说是天笑生先生的"文人狡狯"故作奇神阵，来"戏侮人们"了。像天笑生先生这种办法，在以前的时候，许多上海的做小说卖钱的文家（？）都曾做过。他们拿来一篇外国小说，不管它是什么人做的，只把它译出来，按上自己名字在下面，就算是某某人的"创作"（？）了。更有许多人化了几个钱去看电影，把电影上的事实，写成一篇小说来卖钱的。这种堕落的不知廉耻的袭钞家，简直是不足与之讲什么"文学"。——其实他们除了金钱或摆上"名士"（？）架子以外，又何曾知道"文学"这两个字——原作者如果有知，我知道他们一定要怒气冲天，疑惑中国人都是剿袭家了。然而这班剿袭家——从外圕文剿袭的——竟还要摆出创作家的架子。居然以为我是"中国的小说家"（？），居然在报纸上或他们所办的杂志上——以前的时候——大登起惩戒钞袭家的广告来。咳！我要学老学究发了一声叹，说一句"廉耻"道丧了。

　　这些话，我并不含有菲薄他们这班大剿袭家的意思。我的意思是希望以后的想做小说家的人，不要蹈他们的覆辙。

我们研究文学，就应该忠心于文学。虚伪欺诈的行为，于研究学问是绝对不相宜的。而且也是这个学问的罪人。

四 思想的反流

《礼拜六》的诸位作者的思想本来是纯粹中国旧式的。却也时时冒充新式，做几首游戏的新诗；在陈陈相因的小说中，砌上几个"解放"，"家庭问题"的现成名辞。同时却又大提倡"节"，"孝"。在它的第百十期上，有二篇小说：一篇是《父子》，说一个孝子的事；一篇是《赤城璟节》，说一个节妇的事。在《父子》中，它描写一个理想的儿子，功课又好，运动又好，又是一个新派的学生；他父亲的打骂，他都能顺受不忤。后来他父亲给汽车碰伤了。医生说，流血过多，一定要人血灌入，方能救治。这个孝子听了，情愿杀身救父，叫医生把他自己的总血管割开，取出血来灌入他父亲的身里。他父亲活了，他却因总血管破裂死了。想不到翻译《红笑》，《社会柱石》的周瘦鹃先生，脑筋里竟还盘据着这种思想。我虽没有医学知识，却没有听见过流血过多，可以用他人的血来补足他的。照他这样说，做孝子的可要危险了。小心你父亲受伤；他受伤了，你的总血管可要危险了。这真比"割骨疗亲"还要不人道些，残忍的医生！自私的父亲！中国人的理想高妙到如此，真是玄之又玄了。《赤城璟节》是极力摹仿归震川一班人的节妇墓志铭的。"叔季之世。伦常失坠。坚烈如黄节妇。百世不易观也。观其独居峻岭。筑茔建屋。以视漂流绝岛之鲁滨孙。正无多让。又其特节烈已哉，於戏节妇。可以风矣。"如不砌上鲁滨孙三个字，这种按语，确是宋明以上的人的口吻；想不到在现在"叔季之世"，犹得闻此高论。

思想界是容不得蝙蝠的。旧的人物。你去做你的墓志铭，孝子传去吧。何苦来又要说什么"解放"，什么"问题"。

郑振铎精品集

五 处女与媒婆

近来有许多人，以为介绍世界文学只是为创造中国新文学的准备。郭沫若君也说："我觉得国内人士只注重媒婆而不注重处女；只注重翻译，而

不注重产生。……翻译事业于我国青黄不接的现代颇有急切之必要……不过只能作为一种附属的事业，总不宜使其凌越创造，研究之上，而狂振其暴威。"我的意见却与他们不同。我以为他们都把翻译的功用看差了。处女的应当尊重，是毫无疑义的。不过视翻译的东西为媒婆，却未免把翻译看得太轻了。翻译的性质，固然有些像媒婆。但翻译的大功用却不在此。我们要晓得：我们看文学，不应当只介绍世界文学，对于中国新文学的创造，自然也很有益处。就文学的本身看，一种文学作品产生了，介绍来了，不仅是文学的花园，又开了一朵花；乃是人类的最高精神，又多一个慰藉与交通的光明的道路了。如果在现在没有世界通用的文字的时候，没有翻译的人，那么除了原地方的人以外，这种作品的和融的光明，就不能照临于别的地方了。所以翻译一个文学作品，就如同创造了一个文学作品一样；他们对于人们的最高精神上的作用是一样的。现在不惟创作是寂寞异常，就是翻译又何尝是热闹呢。世界文学界中有多少朵鲜明美丽的花是中国人已经看见过的？郭君以为现在的翻译界正在"狂振其暴威"，未免有些观察错误了。

六 新旧文学的调和

黄厚生君寄了一篇论文给我们，题目是《调和新旧文学谭》。他说："一般非议新文学，自命为保存国粹者和积极进行新文学的人都是想不亏国体，不失国魂，不过方法有些不同，实质上还是异道同归呀！"又说："我看现今新旧文学家都像是各走极端。你说文学不是消闲品，不是给人游戏的；他们偏要出什么《消闲钟》，《游戏杂志》。你们说文学是民众的；他们偏出什么唱和集。仿佛无形之中就起了无数的战争。"又说："如果他们知道新文学的目的在给各民族保存国粹，必定要觉悟了好些，不至同室操戈。"

厚生君这些话，我很不以为然。无论什么东西，如果极端相反的就没有调和的余地。中国古代的文学作品有许多是有文学上的价值的。但现在自命为国粹派的，却是连国粹也不明白的。上海滑头文人所出的什么《消闲钟》、《礼拜六》，根本上就不知道什么是文学，又有什么可调和呢？况且文学是无国界的，它所反映是全体人们的精神，不是一国，一民族的。固然，也许因地方的不同，稍带些地方的色彩。然而在大体上总是有共通之点的。我们看文学应该以人类为观察点，不应该限于一国。新文学的目的，并不是给各民族保存国粹，乃是超于国界，"求人们的最高精神与情绪的流通的"。新与旧的攻击乃是自然的现象，欲求避而不可得的。除非新的人或旧的人舍弃了他们的主张，然后方可以互相牵合。然而我们又何忍出此。为贯彻我们的主张，旧派的人的批评与攻击，我们是不怕的，并且还是欢迎的。

讲起来可怜，我们现在虽要求批评与攻击，还不可得呢！他们只会站在黑暗的地方放几枝冷箭，叫他们正正当当出来攻击几下，他们是不能办到的，懒疲与冷笑只是他们的却敌的妙法。

热烈的辩难与攻击，也许可以变更一个人的思想，至于视责难如无闻；观批评而不理，则根本上已肝肠冰结，无可救药了。觉悟么？咳！我想他们是无望了。

七　悬赏征文的疑问

《小说月报》自今年改革以来，内容很精采，趋向也非常正当。只是在第五期上忽有悬赏征文的广告登出。出了一个《风雨之下》的题目，限人家几千字做。这未免有点不对了。文章是情绪与思想的自然流露。人家出题目，又限字数，所作的文章有价值么？这办法又是正当的么？我不免有些疑心。

八　新旧文学果可调和么？

厚生先生的调和新旧文学的主张，我非常的反对，已在上一期本刊上，说过理由了。现在他又说："对于旧文人的作品固然要猛烈的攻击，还要一方面积极的暗示和指导，灌输新文学的知识，久而久之，自会新文学化了。这就是我进一解的调和方法。"这种主张，自然已与我的意见非常相近了。不过用"调和"二字，究竟是极端的不对的。如果有两碗水，一碗是蓝的，一碗是红的；不调和在一块时，红的仍旧是红的，蓝的仍旧是蓝的；一调和之后，就变成紫色了。我们愿意使现在的文学成紫色么？我们愿意有非驴非马的调和派的紫色文学出现么？不然的，绝对的不然的！红色的还保持我们自己的红色吧！"迁就"就是堕落。

帮助现在的旧文学家而使之新文化，如果能办得到的话，固然是再好不过的事；但恐怕事实上不能吧。在现在这样黑暗的世界，这样黑暗的中国，他们也不起一点儿反感，不起一点儿厌恶的观念与怜悯的心肠，反而傅虎以翼，见火投薪；日以靡靡之音，花月之词，消磨青年的意气。他们的热血冷了吧！冷了吧！他们的良心，死了吧！死了吧！"哀莫大于心死"。他们心已死了，怎么还可以救药呢。况且，无论什么人，只能以药给人，却不能使之必吃药。他们不吃药你有什么法子呢？所以我们所能做的只是一方面极力攻击，免得后来的纯洁的人也沾了污泥；一方面极力灌输文学知识，愿良心未尽死，热血未尽冷的人见了，知道文学的真义，能立刻弃旧污以就新途。我们所能做的，止于此了。至于调和呢，我们实是不屑为的。因为我们是决不欲化赤为紫的，是决不欲有丝毫的迁就的！

九　血和泪的文学

我们现在需要血的文学和泪的文学，似乎要比"雍容尔雅"，"吟风啸月"的作品甚些吧！"雍容尔雅"，"吟风啸月"的作品，诚然有时能以天然美来安慰我们的被扰的灵魂与苦闷的心神，然而在此到处是榛棘，是悲惨，是枪声炮影的世界上，我们的被扰乱的灵魂与苦闷的心神，恐总非它们所能安慰得了的吧。而且我们又何忍受安慰？萨但（satan）日日以毒箭射我们的兄弟，战神又不断的高唱它的战歌。武昌的枪声，孝感车站的客车上的枪孔，新华门外的血迹……忘了么？虽无心肝的人也难忘了吧！虽血已结冰的人也难忘了吧！"雍容尔雅"么？恐怕不能吧！"吟风啸月"么？恐怕不能吧！然而竟有人能之：满口的纯艺术，剽窃几个新的名辞，不断的做白话的鸳鸯蝴蝶式酬情诗情文，或是唱道着与自然接近，满堆上云，月，树影，山光，等字；他们的"不动心"，真是孔孟所不及。革命之火，燃吧，燃吧！青年之火、燃吧，燃吧！被扰乱的灵魂沸滚了，苦闷的心神涨裂了。兄弟们呀！果真不动心么？记住！记住！我们所需要的是血的文学，泪的文学，不是"雍容尔雅""吟风啸月"的冷血的产品。

十　肉欲横行中国

近来黑幕书愈出愈多了，比以前黑幕时代似乎有更盛之势。只要到四马路一带专卖这种书的书局里一看，真是满目都是；什么姨太太艳史，什么北京女界四大奇案，什么四大奇谋秘书，什么上海世界秘史，什么恶讼师！！真是数也数不清楚。

供给总是跟着需要来的。社会上不需要这些东西，它们怎么会日盛一日呢？肉欲横行的中国呀！浅薄的享乐主义是如何坚固的占据于现在一般青年的脑海中呀！

唉！不要说了！自命觉悟了的人也天天在那里凭空结构出许多肉麻的情诗呢！

十一　消　闲？！

中国的"遗老"，"遗少"们都说："小说是供人茶余饭后的消闲的。"于是消闲的小说杂志就层出不穷，以应他们的要求。自《礼拜六》复活（？）以后，他们看看可以挣得许多钱，就更高兴的又组织了一个《半月》。对于这种无耻的"文丐"，我们却也不高兴十分责备。对于这班身心都将就木的遗老遗少，我们也不高兴十分责备。只是我们很奇怪：许许多多的青年的活泼泼的男女学生，不知道为什么也非常喜欢去买这种"消闲"的杂志。难道他们也想"消闲"么？

一天上五六点钟的课，还要自修好几点钟，那里还有"闲"工夫给他们"消"？况且在现在的时候，就是有"闲"，还有心去"消"么？

"商女不知亡国恨（？），隔江犹唱后庭花。"我真不知这一班青年的头脑如何还这样麻木不仁？

已枯老了的蓬蒿，我们不管它，横直是不中用的。正在生长的生气勃勃的乔木，眼看它渐渐枯黄而死，我们总未免有悲伤吧！

我敢极诚恳的忠告于一般青年，现在决不是大家"消闲"的时候；——本来，生就是动，无所谓闲，更无所谓消闲的——要作的事情正多呢。也应该振起精神，看看现在的人类，现在的中国了！管理学校的人对于这件事也要负一点责任。

十二 介绍与创作

以前有人说："翻译不过是媒婆，我们应该努力去创作。"后来又有人说："我们应该少翻译，多创作。"近来又有人说："我所希望的是少尽力于翻译，也少尽力于创作，多努力于研攻。"这真是说得一层深似一层了。

我想中国人的躲懒性与无的放矢的谩骂，真是永远革除不了。照他们这样说来，什么"翻译"，与"创作"现在都不用着手了。其实"创作"的努力，是自然的趋势；我们有一种情绪，深郁在里边，总是要发表出来的。没有这种情绪，虽欲创作而不能，有了这种情绪，虽欲禁止其不发表也是不可能的。什么不相干的人叫他"多"努力，或"少"努力，都是无意识的无用的废活。再说翻译的功用，也不仅仅为媒婆而止。就是为媒婆，多介绍也是极有益处的。因为当文学改革的时期，外国的文学作品对于我们是极有影响的。这是稍稍看过一二种文学史的人都知道的。无论什么人，总难懂得世界上一切的语言文字；因此翻译的事业实为必要了。以少翻译为言的人，我不知道他们是什么意思？

在研攻的时候，未尝不可创作，不可翻译。若待人家说他研攻已多而后始从事于创作，或翻译；我不知什么时候才是研攻完成或被大家相信他的研攻已是"多"而且"够"了？

至于浅薄的创作家与抓住一本书就翻译的人，自然是不应该有的。但是，就有也没有什么害处。他们是肯"做"的人。比之欲做而不能或躲懒，一方面又要站在旁边乘机抛几块破瓦的人总好得万万倍了。

十三 悲 观

一位朋友写信给我说："我想新文学到了现在真是一败涂地了呀！你

看，什么《快活》什志，《新声》，《礼拜六》，《星期》，《游戏世界》，已经是春笋般茁起了，它们出世一本，同时便宣告你们的死刑一次。像这种反动力的'泥'潮，也不要太轻易把它放过；中国的土地不会扩大也不会缩小。新文学能够占领的地域，本就只一角，于今又被它们夺回去了，它们正高唱着'光复之歌'，你们真不动心么？"

这种消遣式的小说什志，近来忽然盛行的现象，我们也早已觉到了。像这位友人的议论，我们也早已听见许多人讲过了。但我总认为他们不免是"杞忧"。

在以前的时候，在《礼拜六》方始复活的时候，我们也曾在本刊攻击了它们几回，但似乎没有影响。现在我们觉得了：

徒然消极的攻击他们这班"卖文为活"的人是无益的。他们是寄生在以文艺为闲时的消遣品的社会里的。他们不过应了这个社会的要求，把"道听途闻"的闲话，"向空虚构"的叙事，勉勉强强的用单调干枯的笔，写了出来，换来几片面包，以养活他自己以至他的家人而已。如果这个社会里一般读者的眼光不变换过，他们这班"卖文为活"的人，是绝对扫除不掉的。即使他们知道忏悔，竟而改过了。仍旧会有一班后起者来填补他们的缺的。他们是"应运而生"，并不是什么"反动"。

所以，我觉得我们现在的工作，不在于与这班"卖文为活"的人争斗，消极的把他们扫除，乃在于与这腐败的社会争斗，积极的把他们的那种旧眼光变换过。

所以，我们对于现在这种消遣主义的作品的盛行，虽也伤心，但却决不悲观。

我们相信新文学的运动，扩大了一步，这种现象就会减少了一些。只在我们的努力而已！

十四　憎厌之歌

英国诗人席勒（Shelley）曾对韩特（Lcigh Hunt）说道，"我病于恋之歌矣，难道没有一个人能给我们以憎厌之歌么？"

我也是如此的希望着呢！等候着呢！歌憎厌之歌的诗人呢？我却找不

到他。

我不相信举国沈沈，有血气的青年诗人竟皆为恋爱的桃色之雾所障蔽；我不相信在这个狐鼠横行，血腥扑鼻的世间，会没有一个人要站立太山，高唱悲怨之曲；更不相信可爱的青年人的血都冷了；他们的狂热的心都停止跃动了，以至连憎厌那些可憎厌的景象之情绪也都引不起来了。

可爱的青年人呀，可爱的提笔走于黑暗中的人呀！你们的憎歌也许还没有出现罢，也许如花芽似的深藏在心之幼枝中，没有开放罢。

我却在期望着呢！在等候着呢！

憎厌之歌，虽是刺耳惑心，却至少也是日出之前的可爱之鸡的鸣声呀！

十五　无　题

平伯兄说："我认为文字应该是 of libe 不是 for libe。"这句话最妙！可以打破一切人生的，或艺术的艺术的争辩了。只要他是生的呼声，不管他是哭的，是微笑的，是愤慨的，是送远行——口唱情歌的，便都是好文学。如果他是做作的，是无中生有，是为了要"做"小说或诗而去做的，那么，便不是真的文学，好的文学——其实这样做作的文学，本来是决不会好的了。

十六　无　题

仅仅是直率的愤慨，直率的呼号，直率的欢愉，直率的思想表现在纸上的，也不能便算是文学。至少也应该说是不能算做好的文学。因为文学天然是美丽的！天然是最好的思想与情绪，用最美丽的方式表现出来的。只有思想，只有情绪的文字，譬如只有权桠的枯树，看起来只觉得淡泊无味，毫不能引起观者的情感。把这种思想与情绪纳于美丽的方式中，那么，它便要绿荫四布，好花怒放，它的美色，它的芳香，无论什么人都要受感动的了。试举邵雍的（击壤集）为例，他的《教子吟》：

"为了能了自家身，千万人中有一人，虽用知如未知说，在乎行与不行分。该通始谓才中秀，杰出方名席上珍。善恶一何相去远，也由资性也由勤。"便不是诗。只算是押韵的七言教子经。他的《秋望吟》：

"草色连云龙，山光接水光。危楼一百尺，旅雁两三行。"便是诗了。这种区别是很容易的看出来的。

十七 无 题

仅仅是"美丽的方式"也不能便算是文学。如一株绿树，没有干，没有根，即使有繁茂的树叶，芬芳的花朵，也是无所附丽的。又如一条红烛，所以点了以后能够放出青白色的美丽的火焰，就因为是有这条烛之故。如果没有这烛，那灿烂的烛光，又怎样能发生出来呢？在文学中，思想与情绪便是树的干与根，便是放出烛光的烛；"美丽的方式"，只好算是那花叶与那烛光。无"内容"的美文之使人厌倦与直率的思想是一样的。

十八 无 题

鼓吹"血和泪"的文学，不是便叫一切的作家都弃了他素来的主义，齐向这方面努力；也不是便认为除了"血和泪"的作品以外，便没有别的好文学。文学是情绪的作品。我们不能强欢乐的人哭泣，正如不能叫那些哭泣的人强为欢笑。如果自己感不到真挚深切的哀感，而强欲作"血和泪"的作品，则其"做作"其"空虚"必与那些"无病呻吟"的假作家一样无二。我们所以鼓吹"血和泪"的文学，不过以为在这个环境当中，应该且必要产生这种的作品罢了。决不愿意强人以必同。

郑
振
铎
精
品
集

十九 无 题

我以为"月"呀，"花"呀，以至于"悲哀"，"烦闷"，"黄昏庭院"，"春风丝丝"等字句，不是不可入诗，而且是很欢迎他们入诗的。如果有真挚浓烈的情绪，而运以秀逸美丽的文句，则其感人自较赤裸素朴之干枯的名词为深沈而且久远。也不是没有别的"忆人"之诗词，然而我们读温庭筠的"满宫明月梨花白，故人万里关山隔。金雁一双飞，泪痕沾绣衣。小园芳草绿，家住越溪曲。杨柳色依依，燕归君不归。"（菩萨蛮）等句，却格外觉得感动些；也不是没有别的心怀淡远，溪山自放的文字，然而我们读张志和"西塞山前白鹭飞，桃花流水鳜鱼肥……"的《渔歌子》，却格外感得心境清幽些。这就是诗人的所以为诗人处。他们的长处，就在能以甜美适口的配合剂加入苦的无味的纯朴的情绪的酒精中，造成新酒——甜美而感人的新酒。不过造酒的重要元素，原是酒精。我们千万要注意：美的文句中还隐着极丰富极真挚的情绪在呢。如果单有美的字句的堆集，而无欲诉的强烈情绪，则这决不能算是诗。正如除出了酒精，单有其他的造酒的配合料，便决不能成酒一样。新的诗人！我们现在所要的是新酒，不是加了美丽颜色的白水。如果你们没有充分的酒精，那么，请不要造次的大叫："我要造酒！"而且拿出假酒来给大家饮。我们固然能感谢你们的努力与好意，然却禁不住要说，这是冒失而且近于虚伪的行为！

强分世间的事物为丑的，美的，而强要指定这是可以入诗的，这是不可以入诗的，这种举动，是只有"不吃人间烟火"的批评家（？）才会有的。我们相信，诗里的文句，只有"适宜"与否的分别，却决没有指定"瓜皮艇"可以入诗，而"轮船"不可以入诗之理。"瓜皮艇"与"轮船"同是浮泛水上的船只，为什么这是美的，那却是丑的呢？如果以为"瓜皮艇"古雅，而"轮船"过于世俗，故有可入诗不可入诗之分，则安知数十百年以后，不有比轮船更大的水上载客船出现，而"轮船"岂不又变为古雅了么？且照此说法，"独木舟"不比"瓜皮艇"更古雅么？这种惟"古"是尚惟"雅"是尚的心理，恐怕只有敝中国人才会有的。

不过，诗里虽然可以容纳一切事物，而它所用的字眼，却有适宜不适宜之分。有些抽象的哲学上字眼，就很少用在诗里的，如英诗中极少极少用到Consciousness这个字，就是一个例。太戈尔说："诗总想选择那有生死的字眼——就是那不仅仅用来做报告，而能融化在我们心里，不因市井常用而损坏了它们的形式的字限。"但这决不是"古"与"雅"，"美"与"丑"的问题，而是适宜与不适宜的关系。

这话说来很长，且先在此提一提，以后有工夫再详说。

中国现代文学大师精品集丛书

二十 无 题

文学的统一，是不可能的。因为个人的环境不同，于是情绪与思想不同，于是由他情思所产生的文学遂亦不同。我在本刊上虽曾极力主张血与泪的文学，却也曾再三声明并不强人以必从。仲密君在他的《自己的园地》里也是这样主张。不过创作家尽可任他的情思做去，不必管批评家的主张如何——批评家却不能没有一种决绝的主张。纯粹客观的批评者，是极少的。

然而批评者的主张对于创作者的影响也是极大的。因为几个极端的批评者，往往能把当时创作界的空气变换过。Bylinsky，Dobrolubov，Tolstoi 对于我们文坛的影响，便是一个好例。

这也许不是批评者的能力，而是环境的威权。因为批评者与创作者同在某种环境中，便容易同受这种环境的影响，而生出相同的趋向来。正如橡树与杨柳，同受东风的吹拂，它们的枝叶便自然而然的会同向西而飘荡。

英国之不会有托尔斯泰与阿志巴绥夫，正和俄国之不会有 Wordsworth 与 Tennyson 一样。同是厌世的思想，在英国便成了堕废派的王尔特，在俄国便成了强顽的沙宁与佐治（佐治是《灰色马》》中的英雄）。同是对于未来的仰望，在俄国便成了托尔斯泰爱的宗教的思想，在英国便成了威尔士（Wells）的世界联邦的主张。这也都是因为各人所处的环境不同之故。

因此可知，环境威权之伟大是无可讳言的。在中国现在的环境中，他所给于创作者与批评者的影响是什么呢？灰色的生之感觉吧。热烈的泪，沸腾腾的血吧。纤巧而婉弱的微笑吧。嫩黄色的悲哀吧。有的，都是有的，因为有的作者是受过艰苦的忧郁者，有的作者是被拥抱于母亲之爱，居处于和平之宫的。因为环境之不同，于是产出之作品亦因以不同。我们自然不能强他们以必同。不过我要有一种预言：血和泪的文学，恐将成中国文坛的将来的趋向。你看，像这种不安的社会，虎狼群行于道中，弱者日受其鱼肉，谁不感受到一种普遍的压迫与悲哀呢？将来也许会有 Gorky，会有 Garshin，会有 Krolenko 吧。只望我此言之"幸而不中"。

血与泪的文学，我们是希望者，是鼓吹者。因为我们的心灵上已饱受这不安的社会所给予的压迫与悲哀了。因此，我们的情绪便不得不应这外面的呼声而有所言。因此，我们虽不强人以必同，却禁不得要对那些感觉顽钝，溺于词章，而沈缅于空幻之美（？）的作者有些憎恶了。

血与泪的文学不仅是单纯的"血"与"泪"，而且是必要顾到"文学"二字。尤其必要的是要有真切而深挚的"血"与"泪"的经验与感觉。虚幻的浮浅的哀怜的作品，不作可以。

二十一　无　题

文学作品，现在已介绍丁不少进来，但是似乎注意它们的人还不很多。这可于它们销数上看得出的。我们愿意把它们慎重的介绍给大家一下（拟在最近出一《翻译作品的介绍及批评号》）。这种工作本来是极不容易的，但却是十分重要的。许多好的作品，辛苦的介绍过来，而任它不生影响，这是多大的损失呀！

翻译真是一件重要而光荣的工作。许多作家的情感，许多美丽沈郁的作品都因为有了翻译者，方能传布到许多不同语言的读者那边去。所以不惟读者，便是作者也应该感谢他们。但是，同时，翻译者的责任更非常重大了，好的翻译，使读者与作者亲切的接近。坏的翻译，不惟幕了一层灰色雾在作者与读者之间，且把作者光耀的工作弄得污黯了，以至于被误解了。这真是极可怕的举动。

所以翻译者一方面须觉得自己工作的重要与光荣，一方面也须感到自己责任的重大，而应慎重——十分慎重的——去做介绍的工夫。他们不应为翻译而翻译，不要使光荣的翻译事业"职业化"了。他们应先十分了解作者，不要"急于近功"，把极精粹的东西"生吞活剥"的介绍了来。这是关于翻译者自身的品格问题的。

读者方面与文艺批评家方面，对于翻译的作品也应尽些批评的责任。有了舆论的制裁，滥竽的东西，就会于无形中减少许多了。同时，好的翻译东西，也会因此被介绍于向未注意到它的人，得到相当的劳力的酬报。

谈读书

死读书便会成了书呆子，成为教条主义者，也可能会成为四体不勤，五谷不分的废物。所以善读书者，必须深入社会生活里，深入斗争生活里，取得活的知识，使自己成为博古通今的有用、有益的人。但单凭经验办事，也有危险之处，容易流于故步自封，容易陷于主观主义。有了丰富的斗争经验的人，再加上有理论的修养，并博览群书，吸取古今人的更广泛、更复杂的知识，那么，对于繁赜的事务便可应付裕如了。

多读书，常读书，总有好处。不必"手不释卷"，但不可"目不窥书"。古语云："开卷有益"。这是的的确确的话。常是绝早地起来，曙光刚红，晨露未晞，院子里的空气，清鲜极了，在书房里翻开一两本书看看，就会有些道理或获得些不易得到的知识。譬如，有一天清早，偶然翻翻《格致丛书》本的汉应劭著的《风俗通义》（卷六），看到"批把"二字。应劭说道：

> 谨按此近世乐家所作，不知谁也。以手批把，因以为名。长
> 三尺五寸，法天地人与五行。四弦，像四时。

这明明说的是今日的琵琶，我们总以为琵琶是外来的乐器之一，而且似乎

到了唐朝才有。想不到在东汉的时候已经有了，而且字作"批把"。虽然这一则话，在类书里，像《图书集成》，也引用过，但似乎总没在应劭原书里读到的那么感到亲切有味。又像，少时读到苏曼殊诗，有"春雨楼头尺八箫"句，总以为"尺八"乃是日本的箫名。的确。日本人到今天还爱吹"尺八"。后读明杨升菴（慎）的考证，才知道"尺八"乃是中国的古代管乐之一，不过到了后代失传了而已。我们"礼失而求诸野"的东西不知道有多少。一面在书本里好好寻找，好好研讨，一面还可在友好的邻邦里，得到不少活的材料。在今天研究学问，确是有"得天独厚"之感。只怕你不用功；但要用功便没有不能成功的学问。

变 节

也许是我把字看错了吧：星期评论社和建设社的社员，向以社会主义者著称的戴季陶先生怎么会被举为神州信托公司的董事呢？

但是《申报》，《时事新报》的神州信托公司的广告上却的的确确写着"戴季陶"三个字。

也许是另外有一个"戴季陶"先生，他主张资本主义的，与以前主张社会主义的戴季陶先生不是一个人吧！

我希望我这个猜想是对了。但是不能！许多朋友，却都死死的指定这戴季陶，就是以前那个提倡社会主义的戴季陶。唉！我真不幸，我的这个猜想竟而中。

以前很有些变节的人，在天下易主的时候。现在也正当社会主义与资本主义争斗的时候，变节的人自然也不少。不过以前的变节的人却很识时务，看看风色不对就赶快归命新主。现在戴先生却是由"新主"而归命于"旧主"，归命于末日将至之"旧主"。也未免有些太不识时务了吧！

我不敢责备戴先生，因为他的变节，也许有他的苦衷。

但我却很替第四阶级担忧！恐怕热烘烘的社会主义者有时未免财心大动，要以数千股的股票，卖了自己。反戈向第四阶级进攻！

没有确实的坚信心，只是穷尽无聊，姑称社会主义之帜以自慰，以欺人；以图利用的人，迟早总是不免要变节的吧！

这不是小事，第四阶级的人也应该小心小心。提防那些变节的利用的社会主义者。

自 杀

自杀这件事，对于社会极有关系。近年来国内接连的发生了好些自杀的事件。这种现象到底是好还是坏呢？我们不能不仔细的研究一下。本期关于这个问题的文章，共有三篇，一篇是曙光社里的宋介君送来的，一篇是本刊的耿匡君做的，其余一篇是我的。现在把它依次列下。还有瞿秋白君的一篇——题目是"林德杨君为什么自杀呢？"——本想也登上，因为它已经登在本月二日《晨报》上，所以只好割爱。我还很想把古今的思想家关于这个问题的最好著作，介绍二三篇来，给大家参考，后来因为本刊的篇幅，实在过狭，不能登载很多的东西，又逼近出版的期限，搜罗也来不及，所以也只好作罢。请大家原谅！

振铎附记

其 三

自杀是一件极为悲惨的事情。我们试想像自杀的人在自杀以前的精神上的痛苦；将要自杀时之万般悲楚，徘徊瞻顾的情况，自杀时所受的种种痛苦，和他自杀后的惨状，真觉得可怕得狠吓！凡那起过自杀的念头的，或曾看见过自杀人的，一回想到那种惨酷、可怕的情形，我知道必定要起了一种又恐怖，又凄惨的说不出感情来！

唉！可怕的自杀！悲惨的自杀！人类为什么要自杀？

人类自杀的原因，据各国自杀统计所载，约有下列几种：

（一）生活困苦

（二）疾病

（三）忿怒

（四）恋爱

（五）受污蔑不能自白

（六）对于人生生了不可解的疑问

（七）奋斗困倦

（八）厌世——嫉世妒俗

但是活泼愉快的人类，又为什么会生出这几种自杀的原因来？我想，我仔细的想，我找出二个大原因来了：第一是社会制度的缺憾；第二是人类用脑过甚的结果。现在试分别说明之如下：

第一，社会制度的缺憾。社会的制度——习俗和信条——本来是"因时制宜"，为人类共同生活的利便而制定的。到后来，为奸黠所利用，为保守性所束缚，变做"一乘不变"，"天经地义"的训条，失了调济的作用，种种的缺憾就生出来了。譬如人类当野蛮时代，两性的恋爱，本来是自由的，后来因为共同生活的便利，生出一夫一妻的制度，现在反为所缚，起了许多的惨剧，就是一个例。自杀的原因，也大要是由社会制度的缺憾发生的。如上面所举的（一），（二），（四），都是直接由社会制度的缺憾发生的。（三），（五），（七），（八），也是间接由他酿成的。在现在的资本制度的发达到极点，所以尽管有人拥巨资，"贯朽粟腐"，有人"无衣无食"，冻饿而死。因这种阶级的不平等，乃常发现许多因生活困苦而自杀的人。他们虽是自杀，实在可以说是社会杀了他，其余因疾病恋爱而自杀的，也是一般。唉！万恶的社会制度，我不知一天要有多少的人给你牺牲呢？

第二，人类用脑过度的结果。自杀是人类所独有的现象，也是文明种族所特为盛行的事情。人类以外的生物和人类里的野蛮种族——除了极少数的特殊种族外，都是没有这种事情发生的。而文明社会之中，知识阶级的自杀的人数，又比劳动者阶级来得多。由这种事实，我们可以知道自杀的现象，好像是随着生物知识的增高而来的。愈是文明的种族，自杀的人愈多。愈是知识高的人，自杀的观念，也愈易发生。这是什么原故呢？我以为这就是人类用脑过度的结果。生物中惟人类用脑力最多，所以自杀的事件，不发生于别的生物间而独发生于人类。其余野蛮人少自杀而文明的人类多自杀，劳动阶级少自杀，而知识阶级多自杀，也是这个原因。用脑力过度，何以会欲起自杀的观念呢？这是因为用脑多的人每罹神经衰弱病症，多愁易怒，常趋于悲观，对于人生，发生厌恶之心，所以易于牺牲此身而不惜。而且这种人类，神经往往过敏，常有对于人生发生疑问，发生幻想，因迷惑，恐怖而自杀的。唉！可怕！我恐怕人类将来用脑力到极点时——达智识的最高度——他们同时都要自杀净尽呢！上面所举的（三），（六），（七），（八）的自杀的原因，也就是由这个大原因发生出来的结果。

由以上二个原因看来，我们可以知道自杀这件事，并不是关于个人的问题，乃是：

人类的问题，社会永续的生存的问题。由个人方面的利害，而讨论自杀的问题，都是搔不着痒处的。所以为人类的生存，为人道起见，我们是反对自杀的，我们是希望自杀事件的防止的。可怕的，悲惨的自杀！我们必要反对！防止！

但是我们怎么样去防止它？在前几天的《晨报》上，罗志希君曾提出三个办法：（一）美术的生活，（二）社交。（三）新人生观的确立。不差！他的话我是赞成的。不过这些还不是根本的办法。我们要灭绝自杀的发生，要根本上把它的两大原因先去掉，就是第一把旧社会改造！把沈闷、困恼的社会，变做活泼、快活的社会；把不平等、仄逼的社会，变做平等、自由的社会。第二把用脑过度的弊端除了！把用脑用力，劳心劳力的阶级除掉；劳心用脑的人就是劳力从事农工的人，实行泛劳动主义。如此脑力体力得所调济，自杀的观念，也不致于发生了。以上两层办到，自杀必可防止。那种悲惨，可怕的现象必可不再出现人类的社会了。

但是社会改造的事业，非一时所能成就。我们要积极的努力去实现他。同时我们要实行泛劳动主义，把知识阶级的自杀事件，先行灭绝。

（新村的组织，乃实行泛劳动主义的惟一方法；亦是新社会的基础。我很愿意有这种组织出现。）

绅士和流氓

因了"海派"的一个名辞，曾引起了很大的一场误会的笔墨的官司。在上海的几家报纸上，且有了很激烈的不满的文章。险些儿还惹动南北文士们的对垒，但这都不过是误会。

地理上的界限，实在是不足以范围作家们。江南多才士，不过是一句话罢了；最伟大的两部小说，《金瓶梅》和《红楼梦》，都不是江以南的人士写的。而张凤翼、沈璟之流的剧曲，虽是出于道地的吴人之手，也未见得便如何的高明。

与其说是"地理"的区分对于作家们有很大的影响，不如说是"时代"的压力，所给予文大士的为尤大。

在这个大时代里，我们有了许多可尊敬的作家们：这些作家们的所在地是并不限定在一个区域的。譬如说吧，在上海的所谓"海派"的中心的地方，有许多作家们正在那里努力的写作，而其写作的成就，却是那样的伟大，值得我们的赞叹与崇敬。但，在北平，却也未尝没有我们所敬仰的作家们在着。即在南京以至于其他地方，也时见到我们的，可尊敬的文士们的踪迹。

那条被号为"天堑"的长江，是不能够隔断了那些被这大时代所唤醒的具有伟大的心胸与灵魂的文人们的联络的。他们在无形里，曾形成了个共同的倾向，一个向前努力的共同的目标，虽然他们不一定真的有什么"同盟"，什么"组织"。

和这些具有伟大的心胸与灵魂的作家们相对峙的，也不仅是所谓"海派"者的一个支派。还有一个更可怕的戴着正人君子的面具的绅士们，也在那里钩心斗角的想陷害，毁坏文坛的前途。如果"海派"的文丐们是可入所谓"流氓"者的一群的话，那么绅士派的"士大夫"们也正是他们的一流；不过心计更阴险，而面目却比较的严峻，冷刻些而已。

说来，绅士和流氓，仿佛是相对峙的两种人物。其实在今日看起来，他们是各相反而实相成的；其坑害，毁坏文坛的程度，也正相类似。举一个有趣的近例：有所谓"艺术流氓"和"艺术绅士"的，曾互相攻讦过一时；而不久，却都得到他们所欲的什么，心满意足而去！虽然所使用的手段有点小小的不同。

但所谓"海派"的文丐者，为志小，为心似辣而实疏。从五四运动以来，便久成了新人们的攻击的目标。其活动的领域，也一天天的缩小；虽然不时的有一批批的新的分子加入，然而颓势却终于是不可挽救的。怪可怜的，他们的卑鄙的伎俩：至多只是放冷箭，浮夸，讽刺与冷笑，其秘密容易被拆穿，而谣言，也终于不过是谣言罢了，不会有什么重大的影响的。因为站在传统的被轻视的不利的地位上，根本上便不会有什么听者严重的在听受他们的；而他们，那冷笑与揭发，也便在怪可怜，怪狼狈的情态之下，而红了脸收场。

可怕的却是绅士的一派。那才是道地的"京朝派"。"长安居大不易"而住久了长安的，却表现出"像煞有介事"那样的一副清华高贵的气象出来！如假说文丐们是扮了丑角，向一部分的观众，打自己的嘴巴，而博得戈戈的养生之资的话，则文绅们的觅食之方，确是冠冕堂皇得多了。尽管是"暮夜乞怜"，在白昼，却终是那副骄人的相儿。因了某某种的机缘，他们是爬登上了被包买，被豢养的无形的金丝织就的笼里。也许他们本来是文丐之流，从此，却也不再放刁，反而装出正人君子的样子，道貌俨然的在给人以"师模"。刻薄话，都换上了宽厚的教训的衣衫。其可恶之处就在此。

他们是在教训，是在说正经话，是在示范于人，老实头的听众们便上了当，以为他们也是热情的，有心肝的，是要领导着人们向前走的，是和他们更尊敬的作家们走上一条路的，虽然说话的口音有些不同——所要走的路也有些两样的。但狡猾的文绅们，却早已声明过，那条路也是可以通到大道上去的。

孔子要诛少正卯，正是此故。如果是优施，优孟之流，便也不必劳动斧钺了。

他们在文坛上所做的破坏的工作，实在是大，一世纪，半世纪所打下的根基，可以破毁于一旦。

故，肃清文坛上的败类，是个紧要的事。

我们不忍看见年轻的有希望的人们，走上了小丑式的文氓的一道，天天以造谣，说谎，自己打嘴巴为职业。同时，更不忍看见一大群的有良心的人们，竟被说服，竟昧了心肝，弃了自己的前途，而群趋于卖身投靠的一途，而更领导别人去投入这火坑！

我说，做一个小工，做一个没齿无闻的田夫或小市民，也比读了几句书，便扮小丑，以打自己的嘴巴为业，或装绅士，烂掉自己的良心，以坑或扫有前途的文坛为事的要强些。

该明白自己的作用；那支笔实在可怕；从笔尖沙沙的划着白纸的所写出的什么，其影响有非自己所知道的。

昔人有一首题"笔冢"的诗道：

> 髡友退锋郎，
> 功成鬓发霜。
> 冢头封马鬣，
> 不敢负恩光。

把笔锋写秃了的，曾想到自己使"笔"成就的是什么"功"么？曾想到不曾使那支无罪过的忠心的笔，受到了什么无可控诉的冤抑与不幸么？

抬起头来，看看今日的时代与中国！

有良心的作家们，还忍去欺骗，造谣，扮小丑，装绅士以自欺欺人么？

宁愿不读书，不识字，不执笔，但不愿做毁坏了文坛的尊严与前途的什么"绅"与"氓"！

以此自誓，亦以勉人！

平凡与纤巧

现在中国文学界的成绩还一点没有呢！做创作的人虽然不少，但是成功的，却没有什么人。把现在已发表的创作大概看了一看，觉得他们的弊病很多。第一是思想与题材太浅薄太单调了。大部分的创作，都是说家庭的痛苦，或是对劳动者表同情，或是叙恋爱的事实；千篇一律，不惟思想有些相同，就是事实也限于极小的范围。并且情绪也不深沉；读者看了以后，只觉得平凡，只觉得浅薄，无余味；毫没有深刻的印象留在脑中。第二是描写的艺术太差了。他们描写的手段，都极粗浅；只从表面上去描摹，而不能表现所描写的人与事物的个性，内心与精神。用字也陈陈相因；布局也陈陈相因。聚许多不同的人的作品在一起而读之，并不觉得是不同的人所做的。在艺术方面讲，现在的作家实在太没有独创的精神了。有几个人艺术很好，却又病于纤巧；似乎有些专注意于文字的修饰而忘了创作的本意的毛病。总之，缺乏个性，与思想单调，实是现在作者的通病。

单用了写实主义，新浪漫主义的名词来号召，实不能起他们的沉疴。因为思想与情绪与艺术是文学的根本元素。无论是写实派也好，是象征派也好，是印象派也好，如果他们的思想不高超，情绪不深沉，艺术不精微美丽，那么，他们的作品，都是不配称为文学的。所以，在现在的时候，崇奉什么主义，还是第二件要紧的事；开宗明义第一章还是要从根本上着力。

艺术的好坏是必须"学而后能"的。思想与情绪的深刻与否，就有些天才的关系了。思想囿于平凡之域的，情绪不大深沉的，艺术虽极佳，只能使他的作品成为很精致的平凡的斲品而已。如果思想与情绪能高超而深入，艺术就是差些也是不要紧的。因为这终是可学而能的。所以现在的时候，要求粗枝大叶的创作，似较纤巧的创作为尤甚。

我们不立刻求我们的创作，能美丽如屠格涅甫，能精巧如莎士比亚；只求其能不落平凡，只求其能以自己的哭声与泪珠，引起读者的哭声与泪珠而已。

平凡与浅薄是现在创作界的致命伤。从事创作的人应该于此极端注意。

古事新谈（二十四则）

一　秦政焚书坑儒

离开现在二千一百六十年的时候，秦始皇统一了天下，心里很高兴。有一天，在咸阳宫摆了酒，有七十个博士们到他前面捧着酒杯庆祝他。仆射周青臣歌颂他的功德，说是，从古以来，不曾有过像他那样有威有德的。始皇益发快乐。正在这时候，却有一个博士，山东人淳于越，向前说道："现在政府不学古人的样子，把天下分封亲友，实在是很危险的。要是一天有了变故，便不能相救。周青臣当面恭维，实在不是个忠臣。"始皇把他的话，告诉了大家，叫大家讨论。丞相李斯说道："你创立了从古未有的大功业，愚蠢的书生怎样会知道底细。古代的事，离今远了，不必学他们。从前列国相争，大家都抢人材。现在天下已经统一了，他们还纷纷议论些什么。不禁止他们瞎谈政府的事，皇上的权势一定要低落下去的；而且他们也要有结党集社的情形了。我以为，今后应该：历史专读秦国所记载的东西；除了官家博士官以外，谁也不许藏诗书和其他书籍，有藏书的人，都要将藏书送到各处衙门里烧掉，有人胆敢聚谈诗书的，杀之；胆敢用古代事来讥议现在的事的，杀灭他的一族人；地方官知道了不检举，也和他同罪。这道命令下来了以后，三十天内还没有把书烧掉的，那人须要把头发剪下，脸上刺着记号，送到长城边去筑城防房。只有医药、卜筮、种树一类的书不用烧。老百姓们想学法令，可以到地方官那里去学。"始皇道："就照你的话办。"

第二年，他又杀了读书的人四百六十多个。他以为从此再不会有反对他的人了。

不过，只过了六七年，秦的一朝代便被刘邦和项羽灭掉了。那刘邦和项羽二人却都是不读书的人。秦始皇的这种愚民政策实在是笨透了！

——《史记》卷六

难道今天还有学他样子的人？

二 刘邦打陈豨

刘邦做了皇帝的第十年，陈豨在代地起兵造反。刘邦听说陈豨部下的将领们都是从前做过买卖的人，便说道："我知道怎么对付他了。"便差人用好些金银去引诱他们。陈豨将领们果然有好多来投降。

——《史记》卷八

这是一个很老的老故事了，不过我们读起来不还是很新鲜么？

三 捐谷得官

汉文帝的时候，匈奴常常来侵扰北方。中国有许多军队驻扎在那里防御他们。米粮总不够吃。文帝就下一道命令说，有商人肯捐谷和能够运米谷到北边的，可以给他官做。他的儿子景帝的时候，因为上郡以西有旱灾，也下令说，捐谷的人可以做官；价钱却更便宜了，为的是要广招徕。犯了罪的人，也可以捐谷来赎罪。

——《史记》卷三十

这恐怕是历史上卖官鬻爵的开端了。

四　囤积居奇

汉朝的时候，县官们往往把老百姓们的货物收买了来，差不多什么都要。这一收买，物价便都高涨起来。物价一高涨，商人们因为贪图高利，便也自己来囤货。地方官们纵容着他们。有钱的商人们便什么货都囤积了起来，不肯脱手，在那里等待更高的价钱。这样的，贪官奸商互相的勾结着，用贱价来收货，等到有了高价才肯卖出，实在不是公平的办法。

——《盐铁论》卷一

五　钱币与粮食

汉朝的时候，国家铸了许多钱币出来，流通民间，但是老百姓们没有钱使用的还是很多；这是什么道理呢？原来许多的钱币都流到少数富人的家里去了。国家很看重农业，开发荒地，鼓励耕种，米谷的产量不会少，但是老百姓们常常有饥饿的；这是什么原因呢？还不是因为有人把米粮囤积起来的缘故么？

——《盐铁论》卷二

郑振铎精品集

六　萧何买田宅

刘邦自己带兵去打黥布，心里却不大放心萧何。他常常派人去问萧何，在那里做什么。有一个门客对萧何说道："你不久就要有灭族之祸了！你做了宰相，论功居第一位，没有别人比你再功高爵显了。但你自从到了关中以来，已经有十多年了，很能够得到老百姓们的欢心。老百姓们都拥护你，你还要孳孳不息买他们好。皇上所以常常派人来看你的缘故，就怕你要得到关中的老百姓们的心。现在，你应该出很低的利息去借款，多买田地，使老百姓们觉得你是个贪污的人，那么，皇上才会放心了。"萧何听了他的话，便开始强借硬买。刘邦方才高兴。他回来的时候，老百姓们拦着路，上呈文控告萧何用贱价强买他们的田地和房屋的事。他到了宫里，萧何来见他。他笑道："宰相，你倒会替自己弄钱！"于是，把老百姓们的呈文都交给了萧何，说道："你自己去向老百姓们谢罪罢。"

——《史记》卷五十三

专制者是不会放心一个得民心的官吏的。

七　陈平论刘项

刘邦问陈平道："天下那么纷纷扰扰的，什么时候才会太平呢？"陈平道："项王做人，恭敬爱人，士人之廉节好礼的，多到他那里去。不过，他对于行赏封官，给人爵邑，便有些舍不得，因此，有人也不大跟得住他。你，大王，傲慢而没有礼貌，廉节的人不会到你这里来的。不过，你能够给人以高官厚禄，随便封人以爵邑。士人当中，凡是顽强贪利无耻的人，也都来依附着你。你如果能够保其所长，去其所短，那么，天下便可以太平了。"

——《史记》卷五十六

八　庄周辞聘

楚威王听人说庄周有才德，派了使臣送了他一份厚礼，要迎接了他来，答应给他宰相做。庄周对楚国的使臣笑道："千金的礼很重，卿相的位置很高。不过，你没有看见郊祭时做牺牲的牛么？养活了它好几年，到了祭祝的时候，用锦绣的绸缎披在它身上，牵它到太庙去。在那时候，它虽然想做一只小猪活着，也不能够了。你快回去罢。不要污我了。我宁愿在污水沟里快快乐乐的游戏着，实在不愿意受国君的羁束。我愿意一辈子不做官，以快适我自己的志向。"

——《史记》卷六十三

在专制者底下做事，不是像一只做牺牲的牛一般么？

九　公晢哀不仕

山东人公晢哀不肯出来作官。孔子道："天下没有德行的人，都做了人家的家臣，在大都市里做官。只有公晢哀生平不曾做过什么官。"

——《史记》卷六十七

97

十　鲁仲连义不帝秦

新垣衍对鲁仲连说道："我看住在这围城里的，全都是有所求于平原君的人。现在我看先生的容貌，并不像是有求于平原君的，为什么久居于这个围城里而不肯走呢？"鲁仲连说道："世上的人，都以为从前鲍焦的死，只是为了不能从容的宽慰自己而死，这话完全不对。众人不明白他，他的死不是为了他自己。现在那秦国，是一个弃绝礼义而看重功利的国家，用权术来驾御武士们，看待老百姓们就像奴才似的。如果秦王称心称意的做了皇帝，把他的虐政普遍的施行于天下，那么，我鲁仲连只有跳到东海里自杀而已，我实在不忍做他的老百姓！"

——《史记》卷八十三

十一　奇货可居

　　吕不韦是河南地方的一个大商人，他往来各地，买了贱的东西，贩到别的地方，用高价卖了出去，挣的钱很不少。有一次，吕不韦到了赵国的邯郸做买卖，遇到了秦国的王子子楚。子楚是秦昭王的孙子；祖父和父亲都不大喜欢他，把他送到赵国做"质"。他困居在邯郸城里，很不得意，穷苦无聊。吕不韦很可怜他，心里变动了一个念头，说道："他倒是一件希奇的货物，可以囤积起来得厚利的。"便去和他交好，游说他，给他钱用，叫他结交宾客，又自己到了秦国，替他在他父亲所爱的华阳夫人那里送了一份厚礼。后来，他逃了回去，他父亲果然以他为太子。他便是秦庄襄王。即位后，以吕不韦为宰相，封做文信侯。

——《史记》卷八十五

　　做买卖的人，象吕不韦那样，眼光好不利害。他看见什么事都当作生意做；把任何人，任何东西都作为货物看待。他这笔投机买卖居然做着了。把做生意人抬上了政治上，还有什么好事做出来？——除了利己之外。

十二　张耳陈余

　　张耳和陈余都是魏国的大梁人。他们非常的要好。在地方上名气很大。刘邦做老百姓的时候，也曾在张耳家里住了好几个月。秦把魏国灭了后，晓得他们两人是魏国的名士，便出赏格要捕捉他们，捕得张耳的赏千金，捕得陈余的赏五百金。他们两人都变改了姓名，逃到了陈国地方，替里正做守卫的人，来养活自己。有一次，里正因为一件小过失，发了怒，拿鞭子来打陈余。陈余愤极，要发作起来。张耳连忙用足暗地里踢他，叫他受打，不要反抗。里正走了后，张耳把陈余拉到一株桑树底下，数说他道："我起初和你怎么说的？怎么现在受到了小小的折辱，便要和一个小吏拼命么？"陈余觉得他的话很对。秦的赏格传到了陈地，要捉他们两人。他们两人却反以守卫人的资格，把这道命令传布到"里"里去。

——《史记》卷八十九

专制者的赏格有什么用处呢？

十三　叔孙通谀秦二世

叔孙通是山东薛县人，秦时，到了京城，待补博士缺。陈胜在山东起兵，二世皇帝召博士和诸儒生问计。博士和诸生们三十多人都走向前去，对道："做人臣的人不能带兵，擅自带兵就是反叛。就是犯了死罪，不能赦免的。请你皇帝赶快发兵去打他。"二世很生气，脸色都变了。叔孙通连忙向前说道："诸生说的话全不对。现在天下已经是合为一家了，各郡县的城墙都毁弃掉，兵器也都毁作农具了；以示天下再不会有什么战争的事。况且上有圣明的天子统治着，政府的法令又是那么具备，每个人都会得奉公守法，四方做买卖的人也都车辆往来不绝，那里还会有人敢谋反。这不过是一群强盗，像鼠窃狗盗似的，何足以在齿牙间讨论着呢。只要郡守尉们去捕捉他们就够了，不用发什么愁的。"二世很高兴，说道"对"。便赐叔孙通布二十匹，衣服一套，且补上他做博士。

——《史记》卷九十九

十四　叔孙通定朝仪

汉刘邦攻下了彭城，叔孙通投降了刘邦。邦打了败仗，向西方退却，叔孙通便跟从了一同走。叔孙通穿着儒士的衣服，刘邦很讨厌他。他便改了服装，穿上了楚地式样的短衣。邦才高兴起来。当叔孙通投降的时候，跟随他一同投降的有儒生弟子一百多人。但叔孙通一个也不肯引荐他们，他所引荐的全都是从前的强盗和壮健勇敢的少年们。他的弟子们在背后骂他道："跟随了先生好几年，幸得一同投降了汉王。现在全不引荐我们，专门在引荐大奸巨猾们，这是什么道理呢？"叔孙通听见了他们的话，便告诉他们道："汉王现在正在冒着箭头石块，和人家争天下，你们书生们能够上阵打仗么？所以，我先引荐些能够上阵斩将夺旗的人物。你们且等待一时吧。我不会忘记了你们的。"汉王叫叔孙通做博士，号称他为稷嗣君。后来，刘邦灭了项羽，统一了天下，做了皇帝。但他已经把秦时的种种苛刻的法令和礼仪全都废去了，一切的仪式都很简易。臣子们，每个喝了酒便争论功劳；喝醉了，有的便胡乱的大叫着，拔出剑来斫殿柱。刘邦觉得很讨厌，但没法镇压得下去。叔孙通知道刘邦厌恶这种无秩序，无礼貌的情形，便告诉他道："读书的人不能上阵打仗，争城夺地，不过，却可以做建设的事业。我愿意去征聘山东地方的诸儒生和我的弟子们共定朝廷的礼仪。"刘邦道："不难办么？"叔孙通道："五帝的时代，音乐各各不同，三王的时代，礼仪也代代相异。礼仪这东西本来要斟酌时世和人情规定下来的。所以，夏、殷、周三代的礼仪，有的增加于前，有的删改于后，都是不甚相同的。我愿意采取古代的旧礼和秦时的朝仪，混合起来，订立一种新的礼仪出来。"刘邦道："你可以试试看。要容易明白的；还要酌量我能够做的做着。"于是，叔孙通到山东去征聘儒生们三十多人。有两个儒生不肯就聘，说道："你差不多侍候了十个主子了，全都是因为当面阿谀他们，才求得到好官做，和他们亲近。现在天下刚刚平定了下来，死的人还没有埋葬，受伤的人还没有医治好，你却又要定什么礼乐了。礼乐所以能够兴盛，须要积功德百年才可以。我不忍像你那么做。你所做的事，全不合古法。我不去！你走了吧，不要污辱我了！"叔孙通笑了起来，说道："你们真是腐败的儒生，全不知道时代的变迁。"便不再去找他们，只同了肯就聘的三十个人一齐西去。到了京城，他叫诸儒生和他的弟子们一百多人先在野外，置设了绵索来练习。练习了一个多月，叔孙通对刘邦说道："你可以去看看。"刘邦便到了那里去看，叫他们行礼，说道："我能够那么做。"于是，叫朝廷里的大小臣子们都去练习。汉七年的十月，长乐宫建筑完工，诸侯群臣都来朝见刘邦。从诸侯王以下，全都振恐肃敬。礼毕，又摆了宴席一同喝酒。没有一个人胆敢谴哗失礼的。于是，刘邦说道："我今天才知道做皇帝的尊贵了。"便拜叔孙通做太常，赏赐他金子五百斤。叔孙通趁此向前说道："那些弟子儒生们跟随我已经许久了。和我一同订定了这朝仪。希望你能够给他们官做。"刘邦便都叫他们做了官。叔孙通从朝中退出来，把金子五百斤分给了诸生。诸生便都很高兴的说道："叔孙通真是个圣人，知道现在时代的要紧的事务。"

——《史记》卷九十九

十五　张释之执法

汉文帝的时候，张释之做司法官。文帝有一天出行，经过中渭桥。有一个人从桥下走出来，皇帝的马惊跳了起来。他叫骑士们捉住了这个人，交给了法官办罪。张释之审问他，他说道："我走到桥边，听见禁跸的声音，便躲到桥底下去。经过了好久，总以为皇帝已经走过去了，便跑出来，一看见乘舆车骑，心一慌，便跑了。"张释之便向文帝说道："这个人惊了你，照法律应该罚款。"文帝很生气的说道："这个人亲自惊吓了我的马。还亏得我的马柔和，假使是别的一匹马，我不会受伤么？你怎么只判他罚款了事？"释之道："法律这东西是天子和天下的人共同要遵守着的。现在，法律规定得如此罚法，如果更重了罚他，那么，是叫法律不能给人民相信了。当时，你如果立刻杀了他，倒也没有什么话说，现在，你既然交给法官判罪，法官只知道依据了法律来判决，使天下人都知道法律的公平一律。如果一不公平，天下的官用法有轻有重，那么，老百姓们将怎样能够遵守法律而不至于忙手足乱起来呢？"过了好一会，文帝才说道："你的判决不错。"

101

——《史记》卷一百二

十六　周仁的缄默

周仁做了好多年的官，和皇帝很亲近。始终不曾开口说什么话。皇帝常向他问某人好不好，某人怎么样，他总是说道："请你自己察看着他吧。"也从来不曾说过别人的坏话。因此，景帝常常到他家里去，赏赐给他很多东西，他都谦让着不肯领受。诸侯诸臣们也常常赠送给他许多礼物，他也始终不曾收下来过。武帝的时候，他因生病免了官，还食着二千石的俸禄，归老于家。子孙们都做了大官。

——《史记》卷一百三

像这样的一个谨慎小心的人物，才可以在专制者底下保持得住他的禄位和生命吧。

十七　公孙弘善做官

公孙弘是齐国薛县人，汉武帝的时候做博士。他常说，皇帝的毛病是见解不广大；人臣的毛病是不肯俭节。他自己便盖着布被，饭菜不吃两样肉。每次朝廷开会议，他总是开陈其端绪，令皇帝自己去决定，不肯当面争执。于是皇帝觉得他行为敦厚，辩论有才，懂得文法吏事，却又能以儒家的学术来装点附会他们，便很喜欢他。二年之内，做到了左内史，一天天的亲信贵重起来。他常和公卿约好，和皇帝说什么话。到了皇帝跟前，他便依顺了皇帝的意思而违背了原约。汲黯当皇帝的面请问他道："齐人多诈而无情实，开头他和我们一同建议这事，现在却都违反了原议，他是个不忠心的人。"皇帝问公孙弘，弘谢罪道："知道我的人总以我为忠心的，不知道我的人便以我为不忠心。"皇帝觉得他的话不差，益发待他好。元朔三年，他做了御史大夫。汲黯说道："公孙弘做了三公，俸禄很多，他却盖着布被，这是假诈的。"皇帝问公孙弘有无此事。他谢罪道："有这事。在九卿里和我相厚的人莫过汲黯。然他今天在朝廷上当面诘责我，实在说中了我的毛病。我做了三公，还盖着布被，实在是虚饰假诈，要想钓名沽誉。况且没有汲黯的忠心耿耿，皇帝怎么会听到这种话呢？"皇帝觉得他很谦让，待他更厚了，终于以他为丞相，封平津侯。他为人其实很妒忌；外面看来很厚道，其实城府很深。平常和他有不对的人，他虽表面上和他们敷衍，显得很要好，却暗地里去害他们。主父偃的被杀，董仲舒的被徙于胶西，都是他捣的鬼。

——《史记》卷一百十二

这种外厚内深的人好不可怕！

十八　主父偃倒行逆施

主父偃是齐国临淄人，以上书皇帝得官。一年里连升了四次官。大臣们都怕他的嘴快，都贿赂他，送他不少钱。有人告诉他道：你太横霸了。主父偃道："我少年时起，便游学在外；总有四十多年了，不曾得意过。父母不当我是儿子，兄弟们不肯收留我，宾客们都排挤着我。我穷困得实在太久了。大丈夫生在世上，如果不食用五鼎，死的时候也要在五鼎里烹死耳。我日暮途穷，所以要如此的倒行逆施的做着。"后来，皇帝拜他为齐相。他到了齐国，遍招了兄弟宾客们来，散了五百金给他们，数说他们一顿道："其初我穷的时候，兄弟们不肯给我衣食，宾客们不纳我进门。现在我做了齐相，你们有的人却到了千里外来迎接我。我和你们自此断绝关系，你们不要再进我的门上来了。"

后来，齐王受他的逼自杀，主父偃也因此被族诛。

——《史记》卷一百十二

郑
振
铎
精
品
集

103

小人一旦得志，怎能不倒行逆施着呢？

十九　公仪休不受鱼

公仪休做鲁相，命令做官的人不得与人臣争利，做买卖。有人送鱼给他，他不收。他的门客问道："听说你爱吃鱼。人家送鱼给你，为什么不收下呢？"他答道："正因为爱吃鱼，所以不收下他的。我现在做了宰相，自己能够买鱼吃。现在收了他的，还会自己再去买鱼么？所以不收下他的。"

——《史记》卷一百十九

今日有不与民争利的官么？

二十　李离自杀

李离是晋文公的理狱官。有一次，他断错了案子，误杀一人。他自己拘禁起来，以为应死。文公道："官有贵贱，罚有轻重。这是下吏的过失，并不是你的罪。"李离道："我做了长官，并没有让高位给下吏们；我受了厚禄，也并没有分利给下吏们。如今断错了案子，误杀了人，倒要把罪过推到下吏身上去，实在不敢这么做。"因此，辞谢而不受文公的命令。文公遂道："你便自己以为有罪，那么，我也是有罪的么？"李离道："做理狱官的人有成法在那里：错刑了人，则当受刑；错杀了人，则当受死。你以我能够听察微理，以决疑狱，故叫我做了理狱官。如今我断错了案子，以致误杀了人，罪当死！"遂不受文公的命令，拿剑自杀而死。

——《史记》卷一百十九

这样明白法律责任的人，勇于引咎自责的人，历史上能有几个？今日还有么？

二十一　汲黯论张汤

汲黯是一个很严正的人。汉武帝见卫青，常踞坐在床边旁；见公孙弘，有时不戴冠；至如见汲黯，却非戴上了冠不可；不冠，总不见他。有一次，他坐在武帐里，汲黯向前奏事；他没有戴冠，望见黯走来，连忙躲避到帐中去，叫人代为答应了他的奏。张汤这时以更定律令，做了廷尉。汲黯常常在武帝面前，责难张汤，说道："你做了正卿，上不能发扬先帝之功业；

下不能抑止天下之邪心，使国家平定，百姓富庶，使监狱里空虚，没有犯罪的人。二者你都不做，为什么倒把高祖皇帝的约束拿来纷纷更动？你将因此绝后代了。"他又时常和张汤辩论，不能屈伏汤，便忿怒起来，骂道："天下人说，刀笔吏不能做公卿，果然不错。你叫天下人重足而立，侧目而视了。"武帝那时尊重儒术，把公孙弘看得很重；又事益多，吏民们每巧文弄法。武帝因此也注意到法律条格。张汤等便迎合其意，常常把判决的狱事奏上，以邀宠幸。汲黯常诋毁儒生，当面骂公孙弘等心里怀着奸诈之意，却会饰着智辩，阿附人主之心以取富贵；而刀笔吏又专门深文巧诋，陷人于罪，叫人不能够申辩真情，总以辩胜了罪人，而自以为功。武帝越发尊贵公孙弘和张汤。弘、汤二人心里也深切的恨着汲黯。

——《史记》第一百二十

像公孙弘、张汤那样的人，滔滔者天下皆是也。汲黯怎么能够和他们争斗得过呢？

二十二　辕固生论汤武

山东人辕固生，汉景帝时候做博士，他和黄生在景帝面前争论着。黄生道："成汤和武王二人，不是受命而王，乃是弑君。"辕固生道："这话不对！桀与纣二人虐待老百姓们，与天下人捣乱；天下人的心都归向于成汤与武王。成汤与武王顺应着老百姓们的心理而诛杀了桀纣；桀纣的人们，不为他们所利用，而投归于汤武这一边来。汤武是不得已而立为天下王的。岂不是受命而王么？"黄生道："冠虽然敝坏了，到底是戴在头上的，鞋履虽然是崭新的，终是要穿在足上的。为什么如此呢，还不因为有上下之分么。如此说来，桀纣虽然无道，却是君上；汤武虽然圣明，却是臣下。君上有不好的行为，臣下不能用正言好语去劝告改正他，反因他的过失而杀了他，代他做了皇帝，不是弑君是什么？"辕固生道："你如果一定要这么说，那么，高祖皇帝代秦做了天子，也是不正当的了。"于是景帝调停的说道："吃肉不吃马肝，也不算是不知味；做学问的人不谈汤武革命的事，也不算是愚笨。"他们便息了争。

——《史记》卷一百二十一

二十三　董仲舒论灾异

董仲舒在汉景帝的时候，以研究春秋，官为博士。他专心研究，闭上了帘帷，不与弟子们见面。弟子们自己以久暂的次序，自相传授着。如此者三年，他连园舍也不去一看。他是这么专心一志的精研着。汉武帝时候，他做了江都相。以春秋灾异的变故，推测阴阳之所以错乱颠倒的轨行；所以，求雨，他便要闭住诸阳，放出诸阴；至于止雨，则反其道而行之。阙中行之，都有应验。后来，退做中大夫。在家里，写着一部灾异之记的书。这时候，辽东高祖的庙宇被火烧掉，主父偃妒忌他，便把他这部书送到皇帝那里去。皇帝召了诸儒生来，把这部书给他们看，有刺讽讥嘲的话。恰好董仲舒的弟子吕步舒，不晓得是他先生写的东西，以为这部书是下愚之作。于是皇帝很生气，把董仲舒提来，关到监狱里去。审判者判他死刑，皇帝下诏赦免了他。董仲舒从此不敢再说什么灾异的话。

——《史记》卷一百二十一

以弟子而不知道他先生的判断灾异，可见这一套话全不过是鬼话连篇而已。

二十四　张汤的阴险

张汤做人，心里多虚诈，喜欢用他的聪明才智来驾御别人。其初，做小吏的时候，每每吞没别人的财产，和长安有钱的商人贾田甲，渔翁叔一辈人勾结交好。当他做了九卿的时候，接待收容天下的名士大夫。他自己心里虽然和他们不合，然而面子上都是假装着很仰慕他们似的。这时候，皇帝很尊重文学。张汤审判大狱，总要引用古代的文义，便请了博士弟子们研究《尚书》《春秋》的，补上了廷尉史，来评判疑狱。他奏上审判的疑狱时，一定预先向皇帝说明，分别其原由。皇帝觉得对的，他便受命而著为法令，说是皇帝的明达如此。他奏事时，如受了皇帝责备，他便谢罪道："正监掾史本来和我说是如此如此的，我没有听他们的话，实在是太愚笨了。"皇帝常常原谅他的罪。要是他奏事时，皇帝觉得对的话，他便说道："我本来不知道这么办的，这是正监掾史某某人办的。"他能够那么样的扬人之善，蔽人之过。这样的，他所判罪的人，便是皇帝意思里所要判罪的人；他所释放及判决得很轻的人，便是皇帝意思里所欲释放的人。他虽做了大官，行为很谨慎小心。常常接待宾客，大开宴会。对于故交的子弟们做吏的及穷苦的同族弟兄们，调护之尤为厚道。又常常不怕冷，不怕热的去拜谒各位大臣。所以张汤虽然酷刻，妒忌，名誉很好，而刻毒的吏们多给他使用，作为他的爪牙，文学之士们也很恭维他。丞相公孙弘常常称赞他的好处。

——《史记》卷一百二十二

这样的酷刻妒忌的人，倒偏会迎合主人的意思，还会敷衍接待人，自然容易固位揽权了。

锄奸论

一

我向来不喜欢打"落水狗"。但关于"奸""伪"一类的东西，却不仅仅是"狗"，有许多至今也还不曾"落水""遭祸"，还是志高气扬，行所无事；甚者，摇身一变，俨然以"志士"的姿态出现，依然粉墨登场，袍笏彰身。他们不配作"狗"。狗还有些狗气；不疯，不咬人；主人穷了，还恋恋的不忍舍去。他们是什么东西，简直想说不出一种适当名辞来譬喻之。他们是为虎作前驱的"伥"；他们是蝗虫；他们是"野狼"。他们是民族的败类，人群的渣滓。乘着整个民族在苦难中的机会而反做着升官发财的勾当。他们不知道什么叫"正义"，什么叫"民族"，什么叫"国家"，什么叫"廉耻"，什么叫"人格"；这一切都与他们无缘。他们只知道个人的享受。"荒淫与无耻"便是他们的全部的功业。他们承继着清末民初以来的冯道式的官僚风，事齐事楚，恬不为怪。他们忘记了这次中日之战，乃是中华民族的生死存亡的大决战。一个人离开了岗位，便足以增加敌人的一分气焰，减少了我民族的一分抵抗力量，加重了我民族的生存的威胁。何况更替敌人做工作，以危害我民族呢！他们眼睁睁看着千千万万的民族斗士在喋血作战，冲锋陷阵，断脰折劲而不退却一步；且更帮助着敌人去追击之。他们眼睁睁的看着千千万万的仁人志士，被敌人所逮捕，所压迫，逃亡躲避，不能一日宁居；且反帮助敌人去搜捕之。他们眼睁睁的看着千千万万的人民，流离颠沛，痛苦无告，受尽了敌人的敲榨，剥削，日不能求一饱，夜不能得一榻；且反帮助敌人去榨取之。他们的罪恶，濯发难数。以千万人的血肉脂膏，来润泽饱暖他们的一人与一家；在虎嘴边找到些残骨余肉而自以为得计。这不是"狗"，这是比虎狼更坏的一群无人性，无人心的东西！

为了民族的光荣。我们必须肃清这些败类！

为了保持今后民族的安全与清白，我们必须肃清他们！

我们要肃清荒淫与无耻的集团！

因此，也把清末民初以来朝秦暮楚的冯道式的官僚主义总清算一下，这意义是极重大的。

如果不彻底的来一次肃清、清算运动，我民族的前途依然是十分的暗淡无光的；我们这一次的胜利，依然是不能算是彻底的。

我们肃清败类，便是刮去腐肉，滤去污血，求民族血液的永远清新洁净！这是超出于报复与惩戒的消极意义以上的事。

二

所谓"汉奸"，包括的范围异常的广大，其罪恶也有很大的等差，不能概以同一的刑律处置之。广义的说来，凡自"九·一八"以来的十五年间，或自"八·一三"以来的八年间，与敌人合作有据，在政治、经济、文化上危害民国的，都应目之为"汉奸"。但其中亦有程度上的差别：

（一）受敌人的支持，公然背叛民国，组织政府的，像东三省的伪"满洲国"，北平的伪组织，南京的"维新政府"及伪"国民政府"，以及为敌人经营军械，军需工厂的，主持交通、公用事业的，为敌人搜刮物资的，像"总力社"之类，为敌人军队及宪兵作间谍，作耳目的，为敌人编办刊物，作公开宣传的，此为第一等罪犯；应该无怜恤的扑灭之。其因在自由区犯罪逃出而从事于此等工作者，更应加等治罪。

（二）企图私利而与敌人经济合作，或文化合作，无明显的重大罪恶者，此为第二等罪犯。

（三）因生活的压迫不得已而在伪组织下作荐任以下之伪官吏，在敌人工厂中作小职员，或在敌伪刊物写作无宣传性质之文字者，此为第三等罪犯。

（四）被敌伪所逮捕、掳获，受刑、受迫，不得已而做着伪官，伪职员，或写作非宣传性质之文字者，此为第四等罪犯。

自第二等以下之罪犯，仍应视其实际的犯罪事实而分别判罪之轻重；有名义上做着无关轻重的职司，而实际上罪恶却至深极大者，像各地之警务人员，保甲人员以及铁路上之"黑帽子"等等，仍应检查其平时作恶程度的深浅而审判断定之。

凡于沦陷区光复之后，希图湮没过去的罪恶，或改名，或易姓，或钻营加入某机关，某部队，而俨然以抗敌志士或清白的人物自居者，经人检举告发后，罪应加等。

凡自知过去之错误。悔罪自首。应照"自首"例减等处罚。

凡于八月十日之前，潜入自由区之汉奸，如确系自拔来归，悔罪有据者，得减等论罪；如不"自首"而希图湮没过去之罪恶者，应与在沦陷区者同等论罪；如以"志士"之姿态出现，企图作政治、经济或文化上之活动者，加等论罪。

三

政治的汉奸，是直接危害民国的罪魁祸首。凡为敌人维持地方，统治沦陷区的，自伪政府主席以下，至敌人的宪兵队的"宪佐"，翻泽，各村镇的保甲人员，警务人员，保安部队等等，均是政治的汉奸。自"特任官"以上，国家自应设立特别法庭以检举、审判之。自"荐任官"以下，凡为敌人出力最多，关系极深，又为害人民，作恶多端者，应准由被害人民们检查、控告，而由特别法庭加以审判。此项特别法庭应分设各地，便于人民的控诉。对于所谓"宪佐""翻译"，尤应着其一例自首，加以严密的审查，并准由被害人民尽量检举其过犯并列举其犯罪之证据。对于保甲、警务之为虎作伥，陷害地方人民者，被害人亦可尽量搜罗其犯罪事实呈控之。

审判的程序应明迅、严正，毋纵毋枉。

凡被控人有自辩为某处或某机关派来作反间谍工作者，必须充分呈献其"文件"及"证据"，并由原机关长官切实证明之。但如犯有确切之危害国家与诬陷人民之罪恶者仍应按律判决之。

凡政治汉奸匿名逃藏者，应加等治罪。凡故意藏匿此等汉奸或有意包庇之者，与同罪。

四

经济的汉奸，包括一切与敌人有商业上、经济上之往来、联络者。其有不得已之原因（如为保存公私家财产之类）不能不与敌人往来，曾举出充分证据者，可减等治罪，或免除其刑。为敌人搜括物资，统制，收买，如"总力社"，"商统会"，"米粮统制会"，"糖商联营社"，"中央市场"，"棉布统制会"，"煤业联营社"等等，其主管人员应与特任级以上之政治汉奸同等治罪。其负责搜购物资之人员，可由被害人民尽量呈献证据，控告，检查之；按其犯罪情节之轻重而判罪。

凡在敌人经营之军械工厂、军需工厂及银行、铁路与其他半商业机关负责主持其事者，或为敌之军需机关作居间人或买办，以搜括民间物资者，应与"特任官"以上同样治罪。其厂内工人，除犯罪重大者外，应不予追究；惟剥夺其将来享受种种关于工人优待法之待遇（如失业救济金，养老金之类。如将来工作加倍努力，亦可不剥夺之）。其有实际上被强迫，不得已而为之者，或负有混入工作，刺探敌情之使命者，不在此例。

凡在伪组织经营之交通、银行、税局等等机关主持重要业务者，同上例判决之。

凡商营之经融、交通等等组织，与敌人勾结有据，且确有违反国策，剥削人民者，其负责人员应加以检查，审判之。视其犯罪情节之轻重而加以不同的处刑。——不能以罚款为赎罪。

凡纯粹之商业机关，以其保有之物资，或金钱，自动贡献敌人者，其负责人应以资敌论罪。

凡与敌人或伪组织合资经营之商业机关，在"七·七"以后（东三省在"九·一八"以后）成立者，应全部没收其财产；其成立在前者，应严格审查其情形而决定没收与否。

凡纯粹之商业机关，以敌、伪人员为董事或其他重要职务者，除敌、伪部分之股本予以没收外，应视其情节轻重，予主持人及其他股东以处分。

凡在抗战期间，因特殊关系而致富有者，如查明其确系以不正当之经营与剥削人民而获得之者，除没收其获得之财产外，并应治罪。

凡在今年八月十日，即日本宣言投降之日以后，所有敌产，逆产之转移，概不生效。凡在此日以后，收购敌、伪所有之物资者，除没收其物资外，并加重处刑。受敌、伪之嘱托，而代为隐匿物资者，应加等论罪。第三国人犯此者亦同罚。

五

文化的汉奸以宣传与教育为二大支。凡受敌人指使，公然背叛祖国，为敌人作宣传工作，或主持敌人所办之教育、文化机关，作为奴化吾民之手段者，均应以第一等叛国罪判治之。

受敌人之经济支持，出版刊物，为其宣传所谓"大东亚"主义者，或受其指使，在其所控制之日报、刊物，宣传以上之主义者，同上例治罪。

受伪组织之任命为伪"国立""省立"之文化机关及教育机关之主管人员者，治罪同上例。其主要职员及教员，应减等处罪，并终身不得再受委聘为公私立文化、教育机关之人员。

与敌人或伪组织密切勾结，设立（或主持原有之）教育或文化机关者，其主持人员应视情节之轻重，分别判罪。其实有受强力压迫，不得不与敌伪联络者，可减等治罪，或免除之；惟均不得在将来之公私立任何文化或教育机关中受聘委为任何职务。

在沦陷区受教育之大中小学生，应全体加以甄别试验，至少须考试中国史、地、国文；及格者始得承认其学业成绩。私立各校之教职员亦应予以严格之审查；如有通敌，袒伪之行为言论，经学生举发属实者，应检举治罪。

私立学校之董事或主持人，如有敌、伪人员参加者，其学校应立予解散，并予主持人以应得之刑罚。

受敌人或伪组织之支持或经济上之援助而编刊任何刊物者。虽不公然宣传所谓"大东亚主义"等等，亦应作为通敌而判罪。

所谓"文人"，在敌伪主办之刊物上尝发表文稿者（除宣传所谓"大东亚"主义之流，应加以叛国罪外），应按其情节之轻重分别治罪，并不准许其以任何姿态在将来刊物上出现。

凡与敌、伪勾结有据而作任何文化活动者，应按其情节之轻重分别治罪。其有不得已之原因，而不得不与敌伪联络者，减等处刑。

六

有人说，这样，不是要处罚的人太多了么？在这个欢呼胜利的时候，何不与人以"自新"之路呢？不知我们的政治至今还没有走上清明之途，就是因为民国以来，太会藏垢纳污了。反革命的军阀，一变而加入了革命的队伍；声名狼藉的政客官僚，也无不摇身一变而成为政府的要员。这一批人，在这个大时代里，原形已经毕现（像王克敏之流），如果再宽容下去，我们的国家将要成为什么样的国家；政府将要成为何等样的政府呢？是非不明，黑白不分；将来如果再要有一次民族间的大决战，除了大勇大智之士外，谁还肯为民族、国家出生入死呢？他们在国家民族危急存亡的时候，曾企图私利，为敌人效劳奔走，而在国家民族不幸而灭亡的时候，竟也不失其为吴三桂、洪承畴之流，难道在国家民族幸而得到最后胜利的今日，还可以逍遥事外，享受"太平"之福么？对得起十五年来为国牺牲，喋血疆场的无数将士么？对得起十五年受尽敌、伪剥削迫害，呻吟呼号的人民么？对得起流离迁徙，家破人亡的"义民"们么？……一家哭何足以比一路哭，十五年或八年来，他们既以沦陷区的二三万万的人民的脂膏来奉养他们自己和他们的家属，他们也应该以他们的龌龊的血来偿还之罢。

但为衣食生活所迫的小职员、工人等，尽可以从宽处置，或竟免予处罚，而大头目及逆迹昭彰，犯罪有据者却绝对不可放松。

有人说，他们之间也有"人才"在；育"才"非易，何不为国家爱

"才"而网开一二面呢？

把技术的人才作为苦役（当然不会是把所有汉奸全部判决死刑的），如我们之将对付敌人的技术人员或英美苏之对付德国的技术人员，这是一个最好之措置办法。惟对罪大恶极者流，当然不能因其为技术人才而宽纵之的。

惟在特别法庭审判的时候，有须特别注意的几点：

一、应有公正严明的"人民代表"参加审判；

二、应准许被害的及一般的人民公开检查汉奸之罪恶；

三、应依合法之程序逮捕，并公开的审判之；除特别法庭外，其他军事、政治及人民之组织，均不得私擅逮捕或审判；并应允许汉奸延请律师或自为辩护，俾合法治的精神；

四、凡一切汉奸的财产，于判决确定后，均应没收之；

五、一切没收之汉奸的财产应专拨作"荣誉将士"，"军人遗属"及被害人民们之抚恤金、救济金等等，不得移作别用；

六、凡为汉奸隐匿其财产者，应治以同罪，并没收其全部财产。

总之，惩奸之要点，在分黑白，别是非；在滤清民族的败血；并不单以惩、罚为目的。

如果这一次不来一个大扫除，而再是那样的藏垢纳污下去，中华民族的前途一定会遭逢一次更大的空前浩劫的。

锄奸续论

当我发表了《锄奸论》（《周报》第二期）的时候，汉奸们还没有开始被捉捕，他们还很活跃。现在离我写《锄奸论》的时候已经四个多月了，汉奸们虽有若干被捕捉，却寥寥可数，名单也始终没有完全公布过。我们不知道究竟已捉的有多少人，漏网的有多少人，被庇护着的有多少人；摇身一变，已参加政府工作的有多少人。我们所知道的是：被捉的汉奸异常的少！还有许多重要的汉奸漏了网！甚至有许多有汉奸"嫌疑"的人还得到什么"胜利勋章"，还在十分活跃着。有许多汉奸还在自辩着，还在鼓动种种的风潮，还在招摇过市；从前住深院大宅的，现在还住深院大宅；从前坐汽车的，现在还在坐汽车；甚至从前坐了三轮车的，现在反而坐上了汽车；甚至从前做汉奸时代去接收什么机关的，现在一变而为天上飞来的人物，仍去接收那一个机关。凡这种种情形，怎不令人民们大惑不解，愤怒异常呢！甚至有许多汉奸还在摇唇鼓舌，绝不承认自己有"错"，仿佛他们做了汉奸，理由反倒在他们的一边！李泽被捕了；检举他的人反被某某机关接三连四的传去审问——而这传讯、对质的事本来应该由法庭主持着的。我们觉得"天理、国法、人情"，在今日似乎都有些颠倒！

在今日，非大声疾呼的再来一次肃奸、锄奸的运动不可。

我们看了法、比诸国的检举"汉奸"，特别是最近在法国展开的肃清经济"汉奸"的运动，我们便要惭愧欲死。我们如何会这样的皂白不分，会这样的喜欢藏垢纳污下去呢？

随着李泽事件的发展我们应该立即开始大规模的检举经济汉奸的工作。凡在敌伪统治时代，与敌伪合作有据的企业家们；凡在敌伪统治时代，不明不白的发了无数国难财的；凡在敌伪统治时代，身任政府官吏而在上海及其他沦陷区购地置产、经营工商业的，都应该尽量的不容情的检举之，逮捕之，审判之。又，汉奸的资产在胜利之前逃遁到内地去经营工商业的也不在少数，应该设法追缴出来。代为隐匿的，应科以包庇汉奸或隐匿汉奸财产的罪名。

在天理、国法、人情上，件件说不通：为什么在敌伪统治时代安享着富贵荣华的人在今日还依旧安享着富贵荣华？被剥夺的老百姓们如何能甘心瞑目！众目昭彰的事实，如何可以抹杀了！如何能够以一手而掩盖天下目？李泽被捕了（如果不检举，恐怕也是不会被捕的），同样的任职于伪商统会许多理事们呢？许多处长、委员们呢？到底捉了几个！永安公司的郭顺，在众目昭彰的眼看着之下，代表上海"市民们"向敌人呈献飞机，用以屠杀国人的，为什么倒被漏网了去？开设回力球场的和其他赌场的无恶不作的许多汉奸们为什么至今仍逍遥法外？法院的检察官们为什么不开始工作？有什么阻碍么？包庇者的力量太大么？司法独立的精神何在？为了维持司法的独立，应该本着大无畏的精神，依据着惩治汉奸条件，尽量的检举，尽量的逮捕。

郑振铎精品集

说来痛心，政治的汉奸，又曾被逮捕了多少！还有煌煌然登出大幅广告、禁止别人说他是汉奸的，还有公然发表谈话的。这是什么一个乌烟瘴气的世界呢！谁都说是奉命做"地下工作"的。究竟奉了谁的命令？做了多少的"地下工作"？做的是何等样子的"地下工作"？我们要求政府立即公布在敌人后方做"地下工作"的人的全部名单。这名单必须是正确的；不允许有任何的伪造、追加、倒填日月等情。这是坦坦白白的事，为何至今还不公布呢？如有可疑，必须查明某机关的原来档案，作为证明。如果任何游杂部队也可以填发或"卖发"什么"地下工作"的证明书，那么只要有钱可"买"，任何汉奸都可以得到这种证明书，他们个个都可以不仅无过、而且都是有功的人了！还有，做"地下工作"的人，必须有"成绩"

可见。有的做"地下工作"的人，已经倒在敌伪的怀里了；甚至，有的帮着敌伪在屠杀、在剥削人民们，难道便可以以"奉命做地下工作"一语而一笔抹杀他们的罪恶？天理、国法、人情又如何能讲得通！

教育、文化的汉奸至今被逮捕的最少。难道对于他们有什么"例外"么？陈彬龢、袁殊、沈启无、鲁风等等无人不知的文化汉奸究竟到那里去了？我们要追寻他们的下落！究竟是谁在庇护着？无论那一党、那一派，谁要庇护汉奸，谁便要自绝于国民们。我们提议："政治协商会议"的诸君要做的，而且能做的一件好事，便是要求各党各派，立即交出各自庇护着的汉奸。这是"众怒难犯"的事，这是凡有政治生命的政党们应该十分明白的事。假如说，是他们派来做"地下工作"的，那也需要充分的证明和说明。总之，一切事必须坦白、公开，绝对的不能够朦混了事！

有许多"三朝元老"，说是有"专长"，有特殊的技术，例如管理"统计"工作的人物之流，不能不留用，但也必须坦白的说明，不能朦混，且其待遇必须"与众不同"。他们是"征调"，不是"委聘"。如非十分的必需，这种人还是少用或不用的好，免得人民们怀疑不释。而活跃于社会上的所谓"三朝元老"，更多得可怕。在敌伪统治时代，他们在活跃着讲"道德"，讲《中庸》《大学》，在开展览会，在出现于各种敌伪主办的集会，到了今日，他们也还脸也不红一红的依然出现于各种集会，依然在活跃着，依然在讲"道德"，在讲《中庸》《大学》，在开展览会。他们不自知敛迹，不自知消声匿迹，难道政府与社会便不会制裁之？这对于人民们的印象是万分恶劣的。难道今日便"廉耻道丧"到如此地步？

许多伪官还在做"官"，而内地的清苦八年，穷困无告的公务官们则被裁并，在失业；台湾，东三省都还大量的任用着伪官和敌人。为什么不大量调用内地的被裁并的机关的人员呢？如此颠颠倒倒的措施，也实在与天理、国法、人情相背道而驰的。

我们主张，所有在内地的公教人员们必须有"就业"的最优先权。一个也不能裁，也不许裁，绝对的不能听任这些"义官"们（义民们也须尽先的使之就业）无事可做，苦了八年，还要再冻馁下去，而许多伪官伪吏们却依然是弹冠相庆，蟠据要津。同样的，许多"游杂部队"，说是裁去了，解散了，政府便一切不管，而对于"伪军"却反在收编。我有一个学

生，在东南区做了四五年的游击工作，千生万死的在敌前敌后工作着。然而胜利到来，他却被裁失业了，反要到上海来找事做。这在天理、国法、人情上又如何能够说得过去呢？

凡事必须有一个公平严正的处置。汉奸们必须不容情的依法惩办。对于小汉奸们至少也要给他们以正义的制裁。绝对的不允许他们再在社会上"跳梁不已"！

今日还看见那一批活跃于敌伪统治时代的东西依然在那里活跃，依然还是"元老"，还是"绅耆"，还在种种典礼或会议中出现，实在是民族之耻！我们掩目不忍去看他们！这可怕的无耻的现象要到什么时候才可以消灭了呢？

这原因，都是因为对于汉奸太宽容了之故。如果雷厉风行的捉，他们如何还敢在社会上抛头露脸？

法国捉了十多万的"汉奸"，比利时也捉了八万多，而且都还在继续的捉。我们的土地人民比他们多多少，广大多少，汉奸比他们又多多少；而且沦陷的时间也比他们长久得许多，如何各地所捉的人数反倒如此之少呢？上海那么广大之区，所已捉的汉奸恐怕还不到三百人吧，北平也不过二百人。为什么对于他们如此之宽容、姑息呢？难道这些民族的败类，人群的渣滓，还应该留下去作为下一代的榜样么？难道藏垢纳污是我们这中华民族的天生的劣根性么？难道我们政府对于汉奸的宽容别有用心之处么？

我们绝对的反对"姑息以养奸"！

汉奸不尽量的扫荡捕捉，社会的安宁和统一、团结的政治一定不会实现的。

汉奸们是天生的"好乱成性"者。他们所最高兴的是中国的内乱、不安、割据，那么他们的"事齐事楚"的拿手本领便可以显出来了。中国的统一和团结乃是他们所最最害怕的。中国分裂，他们便活了！中国统一、团结，他们便只有死路一条。所以，为了中国统一、团结，我们必须锄奸！汉奸不锄，中国的统一和团结的前途是十分危险的！他们为了要活，便非力肆挑拨离间的伎俩不可。

我们要使汉奸活下去呢，还是要使中国活下去？

中国要永生的！但汉奸必须死！

论根绝贪污现象

贪污的现象普遍未有过于今日者。简直是公开的劫掠与夺取，明目张胆，予取予求，决不畏法，更不恤人言。有盗之公家者，有索之私人者。贿赂公行，干没时闻。迄未闻有惩治之举。监察院诸君似亦甚少检举之者。即有检举之者，亦每每不过是县长阶级一类的人物而已。煌煌华族豪家，日进万万金，家有七八种不同之厨司者，则不敢一询其进款之究竟与来源。不知国家要此种监察老爷们何用？清代的御史们还敢于"风闻言事"，不畏权贵。此时，则凡事一关涉权贵，便噤若寒蝉，闭口不谈。监察老爷之"风骨"，乃反不如古老时代的御史么？古语云："窃钩者诛，窃国者侯。"今日确有如此现象。倒霉的被检举的，都是些无背景，无力量的小官员们。为饥寒所迫，流为匪盗者，获即正法；而对于贪官污吏，吞没赃款至数千百万元乃至数万万元以上者，即置之不见不闻。此尚有天理乎？有国法乎？有人情乎？

五月二十五日的《申报》载有四川巴县发生的两大贪污案：

> （重庆廿四日电）据悉巴县参议会日前提出两大贪污案，弹勤县府教育科长张正铭，将县属小学校长依大十分为甲乙丙三等售卖。甲等二十万，乙等十五万，丙等十万，并将各小学办公费及津贴费，扣出百分之二十。县府社会科科长周叔愚到任以来，将

社会部拨予该科用以发给所属各业机关公会书记之薪金五百万元，全部纳入私囊。县府接参议会弹劾事件后已调查属实，将予以严惩云。

六月三日《时事新报》的重庆通讯，又揭发了中电服务处经理冒领复员经费事：

> 据息：本市南岸中央电影摄影场服务处发生大贪污案，缘该场服务处见于抗战胜利，复员在即，急谋业务之简化，乃于今春元月一日改组为中央服务处。重庆办事处，由于改组之故，范围乃行缩小，遣散大批职员，该项措施曾于改组前遣散人员有文在案，俟后最高当局见于中央各机关复员不无困难，乃决定发放复员及眷属还都费用。斯时该办事处闻讯，其经理周克、会计张侃如、制表人曹鸿章等大起贪心，相谋之后，于元月十五日竟将已经遣散人员及眷属均列表造报，冒领还都费，计所被列册伪报之人有黄志明，王孝萍，李学成等诸人，并额外冒名增报孙铭一人。于每人名下各加报眷属三人，总其伪报人数共计三十六人。倘按中央规定复员人员及眷属，每人得领十五万元，总计五百四十元之巨款。据云：悉数纳入该场负责人之私囊矣。该事自发生后，该场在职人员均极愤慨，已被遣散主人员更属愤懑填胸，纷向各方告发，本市某治安机关闻悉，刻督饬专人调查，倘所传属实，则此一大贪污案之真象，不久便可大白云。

这个中电服务处，在上海。记得也曾有过"舆论哗然"的一件事发生。后来，不知怎样的便消息消沉了下去。如今，却又在重庆再度以这样严重的贪污的面貌出现了。

这几天闹得很利害的粮贷舞弊事件正在发展中。为什么自中行发出粮贷金十亿元后，上海粮价便突然从二万余元一担跳到五万元以上一担，又跳到六万元以上一担呢？难道竟会如此的奇缘巧合？这其间到底有什么作用？照理发出粮贷金后应该可收抑平米价之效的。为什么其效果却恰得其反呢？他们贷了这笔款子作何用途呢？到底是赴产地运米来呢，还是在上海本地买了米粮囤了起来？如果是后者的做法，那么，无怪米粮要由二万元一担一跳跳到五万元以上一担了。在一个地方，把十亿元的巨款拿来购囤米粮，米粮那有不昂贵之理！六月一日《文汇报》载：

> 本市讯：粮贷舞弊事件，自经江苏区监察使署澈查宣布后，其内幕已渐揭开，军警当局均极为重视，分别协同密查，兹悉昨日已有利用贷款经营投机操纵之米奸三泰豆米行经理吴蓉生被捕，且盛传米业巨商万墨林亦已由某方监视，记者竟日分向有关方面获得各情如下：据悉，此次粮贷舞弊案，其中嫌疑之人犯，牵涉者甚为众多，因该粮贷审查、核定、发放，其手续甚为完密，而米奸竟亦能以此贷款作不法之运用，确有相当之秘密关系。
>
> 粮政特派员办公处调节科长任星崖，系此次粮贷案最重要涉嫌人员，上星期江苏区监察使署派员至该处调查后，任某即称病辞职，且已悄然赴京，另据传，任某乃粮食部调京询问粮贷经办情形云。

又据别的日报上说，任星崖并不是"悄然赴京"，乃是被押解了去讯问的。被捕之米商，已经有四人之多。这件事，关系太大。一则，有关民食，影响到整个上海社会的生活与秩序的安宁；——因为米价这一大涨，工人生活指数，不是从"二八〇〇"倍左右，又涨到"四〇〇〇"倍左右了么！——再则，有关官商勾结，盗用公款，用以囤积粮食居奇。此事如不澈底查究个明白，那么，别无更大的贪污事件可以查究的了。上海市民有权利要求公开查究，审判此事！全国的人民们有权利要求公开查究，审判此事！听说背景颇为复杂。但愿略略顾全政府体面的人，略略顾到人民生活的人，拿出勇气出来，有一个澈底而不怕得罪人的惩治办法表示给人民们看！

又听自港粤的来人说，广州的米价为什么会从四五万一担突然一跳跳到十万元出关一担呢？其原因是，为了有一批洋米（救济米）运到了之故。这真是一个大奇闻！为什么救济米运到了，米价反而要大涨特涨了呢？为的是，救济米运到了香港，广州方面便派人去提去押运。这被派去的人，取得了米，见香港黑市米价很贵，便抛卖了出去。广州的人民们，天天在等待着救济米的运到，天天在要求分配，这人回到了广州，见人言汹汹，不得已，便在广州市上收买米粮，以抵补他所抛出的东西。这一收买，米价便飞腾上涨了。这是如何的可怕可耻，无法无天的情形呢！世界上有那一个人胆子比这人更大的！然而"万人皆欲杀之"的这一个人，却并无下文。这件事也便并无下文！所苦的是，一般老百姓们，本来吃着四五万元一担米的，为了有救济米运来，反倒要吃十万元出关一担的米了！就在最专制，最黑暗的时代吧，像这样重大的舞弊的事件，也必须严惩的。然而，在今日，却会不了了之！天理何在？国法何在？人情何在？

这种贪污现象是普遍的。你看，一个县城的教育科长竟公开的卖"校长"缺，一个县城的社会科长竟公开吞没薪金五百万元之多，一个服务处的经理竟冒领还都费五百四十万之多，这是一个有法律有官纪的国家的现象么？这些，不过偶然的被暴露出来的极少的一部分事实而已。隐而不宣的，幸而逃避了指摘的，还不知道有多少！

我们当然不能说"天下老鸦一般黑"，也不能说，"没个猫儿不吃腥，没个官儿不贪污。"有操守，有良心的官吏不是没有。就我们所知道的，许多公务员是异常刻苦清寒的；许多技术人员是那么奉公守法廉洁自持，做了三十多年的事，还是"两袖清风"。像最近发生的：江西粮政处长程懋型，因为不忍压迫人民，强取民粮，便只好自投白鹭洲水中自杀的事，便可证明有良心的人不是没有。然众醉独醒，众污独清的人们，怎能敌得过"滔滔者天下皆是也"的贪污者呢？

这种贪污的现象并不是偶然的。马寅初先生在《道揆与守法》一文里说得很明白：

"……其根本原因，却在政治的不良。假公济私成为通病，由来已久莫可究诘，一般人民司空惯见，亦不以为骇人听闻的事。然立国于今日的世界，这种局面，决不能任其继续下去，吾人必须千方百计使澄清之日快快到来。苟不然者，贪污之风将延及社会各阶层。'上无道揆，下无法守'，自古云然；近来复变本加厉，由暗偷私窃为公开劫夺，胜利后之接收情形可为佐证。而且，这班人居然逍遥法外，自鸣得意，并未闻政府有澈查严办的举动。

反之，上海市场上的扒手却往往因私窃一二百元而被罚。所谓'窃钩者诛，窃国者侯'的局面，已呈现于吾人的眼前。吾人对之，容忍之乎？抑当有以纠正之乎？但欲纠正，大权又不操在我，况握大权者往往就是大大地发国难财与胜利财者；欲望发大财者来严办发小财者，不啻与虎谋皮，天下宁有是理？他们所发的财，数量虽有大小的不同，而发财的方法亦只有直接与间接的不同，居心都是可杀。譬如我握大权，依过去二十换一的汇率，获得许多外汇，现在则利用之换得大量的外货，输入中国，依四千或五千换一的比率出售，岂不大发其财？今日著名的三大进出口贸易公司，其致富的秘诀即在于此。其劫夺的方法比较'接收'虽稍形曲折，其为劫夺则一。于是上行下效，白昼行动，到处皆是。其因饥寒交迫无法谋生不得已铤而走险者，尚属情有可原。独彼腰缠累累，数世吃不完用不尽之大政客，尚贪欲无厌，靡有底止，居心叵测，罪不容诛。由此观之，欲解决中国的经济问题，必先解决政治问题。但欲解决政治问题，非换汤不换药的局部改组所能奏效。激底的改革，实有必要。盖今日的都市有失业的恐怖，村乡有绝望的贫穷，千百万劳苦大众濒于饥饿，因为其手中的果实，已无代价的献给大腹便便的劫夺者。我们要以'大道之行也，天下为公'的精神，来铲除'大盗之行也，地上为私'的现状。"

（六月三日《世界晨报》）

可见这实是整个政治不良的问题。仅仅的惩治几个偶然被发觉的贪官污吏是没有什么大意义的。如有人看见几个贪官污吏被惩戒，受死刑，便大声称快，未免是太天真、太浅薄了些。那也不过是"窃钩者诛，窃国者侯"的一个例子而已。何况今日正是"官官相护"的时代，"握大权者往往就是大大地发国难财、胜利财者；欲望发大财者来严办发小财者，不啻与虎谋皮。"即其小小的"大快人心"之举，恐怕也是不会有的。

所以，要根绝贪污的现象，非实现政治的澈底改革不可，非实现真正的民主政治不可。民主的政治不实现，民主的政府不成立，贪污事件是不会绝迹的。

拆除城墙问题

　　古老的城墙在古代是发挥了它的保卫人民生命、财产的作用的。在现代的战争里，城墙是没有什么用处了，于是有人主张拆除，也还有人举出几十条理由来助长拆除之风的。我不是一个保守主义者。该拆除的东西，非拆不可的东西，那一定得拆，而且应该毫不犹豫的主张拆。可是城墙是不是非拆不可的一类东西呢？是不是今天就要拆除干净了呢？我主张：凡是可拆可不拆、或非在今天就拆不可的东西，应该"刀下留人"，多征求意见，多展开讨论，甚至多留几天、或几年再动手。举一个例。北海前面的团城，是北京城里最古老的古迹名胜之一。当决定要改宽金鳌玉蝀桥的时候，有好些人主张拆除团城，连根铲平，否则，这道桥就没法修宽。但经过专家们的仔细研究的结果，团城是保留下来了，金鳌玉蝀桥的工程也按照计划完成了。这不仅不矛盾，而且还相得益彰，为北京市维护了这个十分美好的风景地，同时，也绝对地没有妨碍交通。

　　许多名胜古迹或风景区，都应该照此例加以十分的周到的考虑。予以同情的保护，万万不可人云亦云，大刀阔斧的加以铲除，像对付最凶狠的敌人似的，非使之从地图上消灭掉不可。要知道古迹名胜是不可移动的，都市计划是由专家们设计施工的，是可以千变万化，因地、因时、因人制宜的。最高明的城市计划的专家们是会好好地把当地的名胜古迹和风景区组织在整个都市范围之内，更显得其风景美妙。历史久长，激发人民爱国爱乡之念。只有好处，没有任何坏处。不善于设计的，不懂得文化、历史、艺术的人，则往往认为有碍建设计划，非加以毁坏不可。小孩们走路跌倒，往往归咎于路石，而加以咒骂踢打。仰面向天、大摇大摆的行者，撞到牌坊的柱子上了，就以为那柱子该死，为何不让路给他。古迹名胜或风景区是不会说话的，但人是会动脑筋的。如何技巧地和艺术地处理一个城市的整个发展的计划是需要很大的辛勤的研究，仔细的考虑，广泛的讨论，而决不应该由几个人的主观主义的决定，就操之过急地判决某某古迹名胜的死刑的。人死不可复生，古迹名胜消灭了岂可照样复建！在下笔判决之前，要怎样地谨慎小心，多方取证啊。城墙也便是属于风景线的一类。"绿杨城郭是扬州"。（如今扬州是没有城的了！）城墙虽失去了"防御"的作用，却仍有添加风景的意义。今天拆除城墙的风气流行各地。千万要再加考虑，再加研究一番才是，除了那个都市发展到非拆除城墙不可的程度，绝对不可任意地乱拆乱动。三、五百年以上的城砖，拿来铺马路，是绝对经不起重载高压的。徒毁古物，无补实用。何苦求一时的快意，而糟踏全民的古老的遗产呢?

郑
振
铎
精
品
集

影戏院与"舞台"

　　有许许多多事情会使我们不自禁的生了很深的感慨。这并不是我们生来多伤感，乃是这个大都市的上海可伤感的事实在太多了。这种伤感，也并不是那一班浅薄无聊的都市咒骂者的"都市是万恶之源"一类的伤感。我们是赞颂都市的，我们对于都市毫无恶感，我们认为都市乃是近代文化的中心，我们并不敢追逐于自命清高者之后以咒骂都市。我们之伤感，乃是半由民族的感情而生，半由觉察了那两种绝异的东西文明之不同而生。今不说前者，只说后者。关于后者，姑举影戏院与"舞台"为一例。

　　电影在近二三年来突然的成为上海居民最经常的娱乐，因此，影戏院的建立也一天天的多了；在这些影戏院中，规则与秩序常是维持得很好，清洁与安宁也能充分的注意。这是很可乐观的事。由这种影戏院中，颇可使上海居民受到了向所不曾习惯的团体生活与娱乐的规则。

　　但不幸，我们是到影戏院去的时候太多了，偶然的一二次，真是难得的一二次，到了什么什么"舞台"去，便要惹得了满心的不快！

　　你看那台上坐了一班衣冠不整的乐队，便第一要十分的难过。他们把自己也放入戏中，看戏的人不期的会起了太不调和之感。有时，卖座太好了连舞台上也要坐满了看客呢。不止一次，剧台的两旁，是密密的高高低低的排坐了好几排的人。这些看客却也混入戏剧的表演中，未免太是可笑!

其次，你看，每一日或夜所演的几出戏中，一定有全武行的武戏一二出，那真是使人头痛的把戏! 锣鼓之声，震得人耳鼓欲聋了不必说，即看了一对一对的小娄罗赤了上身在台上翻滚斗，翻来翻去的不休不息，也就够你恶心的了。有一次，一个七八岁的孩子也在台上团团转的连翻了好几十个滚斗。这使台下的观客大为拍掌了。我只好默默的难受，恨不得立刻走开了。我以为这种卖解卖艺的古代遗物大可以不必再在舞台上"献丑"了。但有的人却说，主角对打得太吃力了，不得不叫他们出来一下，使主角有休息的机会。然而主角在台上本就不该对打得太吃力!

再有，你想想看，中国舞台戏是演得如何的时间长久! 日戏下午十二时半上场，直到六时始散，夜戏约七时上场，直到午夜十二时半才散; 一出紧接着一出，走马灯似的不使观客有一丝一毫的宁神静思的机会。一口气坐了六七个小时，聚精会神的仰了头看着，你想够多么费力! 如此的连看了几十天，不死也要大病一场! 有人说，许多人都要等到好戏上场才来呢。然则何不专做好戏而取消了那些专为消磨时间计的前轴子的一批戏?

这都是舞台上的大缺点，至于艺术上应该改革的，还不知道有多少呢，一时也说不尽，且搁下不谈。

谈到戏台下的情形，那更可使人感叹不已了。我们以为到戏园看戏，买了票子进去，先去的坐了好位，或有号码的，依了号码而坐着，一点问题也没有。孰知是大谬不然! 你在门口票柜上买了票，好，准保你坐得的位置是下下等，不管你是第一个人来。原来好的位置都已为案目们留下，留给他们的主顾了。你如要做他们的主顾，那也容易，额外是要出很不少的钱，且将来还有别的花样。你如没有一个认识的案目，那你一辈子别想坐好座子，前面的一排一排的空椅上都写好了某公馆某号定。你如要去占座，他们非来铁青了面孔和你办交涉不可。你坐在后排不管，还要不时的听到后来的人和案目们商量坐到前面的话。一个个比你后来而且也没有定位的，都坐到你的前面了，试问你要不要生气! 那里是来看戏，简直是来受气!

郑振铎精品集

你坐定了，你也许和案目们认识而有了好位置了，其次使你麻烦不已的便是如穿梭似的往来着，高举了货物篮或盘在头上的小贩子; 他们时时挡住了你的视线，时时的和客人们讲价之声或喊卖之声，扰乱了你的静听。

再其次，使你觉得十分的难过的便是一般的观众了。他们随时的吐痰，吃东西，随时的高声的谈话，随时的进进出出，一点秩序也没有，这也将使你的听戏或观戏的目的为之，打扰了不少。

再有，再有，……不必详举了，这已尽够使你感伤了。

即使中国戏是如何的高妙，如何的有价值——这是假定他是如此的——即使中国戏是如何的可以不朽，如何的可以吸引全个世界的观客，如果"舞台"——剧场——的情形长此不变，则稍有思想者，稍喜安全者，恐俱将裹足不前了。

上海的"舞台"，如果要彻底的改革。至少须实行下列的条件：

一、乐队的位置移至台后或台下。

二、演剧时间减短，至多以三小时为限。

三、武戏少演为妙，即演，小娄罗万不可再在台上大献"好身手"。

四、废除案目制度，改为直接购票或定座，票上最好印有号码。

五、不准剧场中往来喊卖食物。

六、每出完毕后，须略有休息的时间。

七、观客不得于演戏之中段，喊声叫好。

八、观客不得于演剧之中段，自由进座或离座。

九、后来的观客，须在门外等候，待一出演毕时方可进场，就座。

中国人与人道

　　世界上的人，每称中国人是最人道的，最爱和平的，就是托尔斯泰也如此的称赞我们。不差！我们中国人实在是最爱和平的！"圣主贤明，臣罪当诛。"对暴君而曰贤明，临死刑而叩头谢恩，中国人真是爱和平吓！胥隶肆虐，丘八扬威，他们只是逆来顺受，任其践踏。哪一个人能说他不是爱和平的？联军入京，顺民旗到处飘扬，日本横行山东，随意杀人打人，占地筑城，他们也只是吞声忍气，置之不见不闻。真爱和平！同德军入比，比人竞以枪自窗棂间袭击，法人自阿尔散斯，罗林二州，为德所并，百年不忘其耻的样子比起来，我们真是胜他们万倍！世界第一爱和平的民族！我们忘"异类"，我们不抵抗。我们真能实行"四海皆同胞"的教义，我们真能宣传和平的福音吓！但是……杀郑汝成的两个刺客的心肝，是生挖炸食的了！安武军，边防军是在安庆、洛阳大发挥其兽态主义来了！强盗撕票迫票的惨酷，谁闻之不为酸鼻？斫三刀，打七枪的处死犯人，又谁闻之不为胆战？斩首！剥皮……号令……城门洞上悬着血淋淋的头——湖南城里围杀学生！烧毁学堂，把学生生生地投入烈火中！活活地迫死人命，反大夸特夸的说什么"烈妇……"。军法处的皮条，军棒，夹板……也只没头没脑的向无辜的人打来，强他画供……这些事又都是谁做的？咳！中国人！汝们是世界上最人道的么？真是能实行"四海皆同胞"的福音的么？咳！我要大笑！我又要大哭，然而他们又为什么那样爱和平？咳！可怜！哪里是爱和平？怯……懦夫……

汤祷篇

古史的研究，于今为极盛；有完全捧着古书，无条件的屈服于往昔的记载之下的；也有凭着理智的辨解力，使用着考据的最有效的方法，对于古代的不近人情或不合理的史实，加以驳诘，加以辨正的。顾颉刚先生的《古史辨》便是属于后者的最有力的一部书。顾先生重新引起了人们对王充、郑樵、崔述、康有为诸人的怀疑的求真的精神。康氏往往有所蔽，好以己意强解古书，割裂古书；顾先生的态度，却是异常的恳挚的；他的"为真理而求真理"的热忱，是为我们友人们所共佩的。他的《古史辨》已出了三册，还未有已。在青年读者们间是有了相当的影响的。他告诉他们，古书是不可尽信的；用时须加以谨慎的拣择。他以为古代的圣人的以及其他的故事，都是累积而成的，即愈到后来，那故事附会的成分愈多。他的意见是很值得注意的。也有不少的跟从者曾做了同类的工作。据顾先生看来，古史的不真实的成分，实在是太多了。往往都是由于后代人的附会与添加的。——大约是汉朝人特别的附加的多吧。但我以为，顾先生的《古史辨》，乃是最后一部的表现中国式的怀疑精神与求真理的热忱的书，她是结束，不是开创，他把郑崔诸人的路线，给了一个总结束。但如果从今以后，要想走上另一条更近真理的路，那只有别去开辟门户。像郭沫若先生他们对于古代社会的研究便是一个好例。他们下手，他们便各有所得而去。

老在旧书堆里翻筋斗，是绝对跳不出如来佛的手掌心以外的。此亦一是非，彼亦一是非，旧书堆里的纠纷，老是不会减少的。我以为古书固不可尽信为真实，但也不可单凭直觉的理智，去抹杀古代的事实。古人或不至像我们所相信的那么样的惯于作伪，惯于凭空捏造多多少少的故事出来；他们假使有什么附会，也必定有一个可以使他生出这种附会来的根据的。愈是今人以为大不近人情，大不合理，却愈有其至深且厚，至真且确的根据在着。自从人类学，人种志，和民俗学的研究开始以来，我们对于古代的神话和传说，已不仅视之为原始人里的"假语村言"了；自从萧莱蔓在特洛伊城废址进行发掘以来，我们对于古代的神话和传说，也已不复仅仅把他们当作是诗人们的想象的创作了。我们为什么还要常把许多古史上的重要的事实，当作后人的附会和假造呢？

我对于古史并不曾用过什么苦功；对于新的学问，也不曾下过一番好好的研究的工夫。但我却有一个愚见，我以为《古史辨》的时代是应该告一个结束了！为了使今人明了古代社会的真实的情形，似有另找一条路走的必要。如果有了《古史新辨》一类的东西，较《古史辨》似更有用。也许更可以证明《古史辨》所辨正的一部分的事实，是确切不移的真实可靠的。这似乎较之单以直觉的理智，或以古书考证，为更近于真理，且似也更有趣些。

在这里，我且在古史里拣选出几桩有趣的关系重大的传说，试试这个较新的研究方法。这只是一个引端；我自认我的研究是很粗率的。但如果因此而引起了学者们的注意，使他们有了更重要、更精密的成绩出来，我的愿望便满足了。

更有一点，也是我做这种工作的重要的原因：在文明社会里，往往是会看出许多的"蛮性的遗留"的痕迹来的；原始生活的古老的"精灵"常会不意的侵入现代人的生活之中；特别在我们中国，这古老的"精灵"更是胡闹得利害。在这个探讨的进行中，我也要不客气的随时举出那些可笑的"蛮性的遗留"的痕迹出来。读者们或也将为之哑然一笑，或觉要霍然深思着的吧。

第一篇讨论的是汤祷于桑林的故事。

一　汤　祷

一片的大平原；黄色的干土，晒在残酷的太阳光之下，裂开了无数的小口，在喘着气；远远的望过去，有极细的土尘，高高的飞扬在空中，仿佛是绵绵不断的春雨所织成的帘子。但春雨给人的是过度的润湿之感，这里却干燥得使人心焦意烦。小河沟都干枯得见了底，成了天然的人马及大车的行走的大道；桥梁剩了几块石条，光光的支撑在路面的高处，有若枯骸的曝露，非常的不顺跟，除了使人回忆到这桥下曾经有过碧澄澄的腻滑的水流，安闲舒适的从那里流过。正如"画饼充饥"一样，看了画更觉得饿火上升得利害；这样桥梁也使人益发的不舒服，一想起绿油油的晶莹可爱的水流来。许多树木在河床边上，如幽灵似的站立着，绿叶早已焦黄萎落了，秃枝上厚厚的蒙罩了一层土尘。平原上的芊芊绿草是早已不曾蔓生的了。稻田里的青青禾黍，都现出枯黄色，且有了黑斑点。田边潴水的小池塘，都将凹下的圆底，赤裸裸的现出在人们的眼前。这里农民们恃为主要的生产业的桑林，原是总总林林的遍田遍野的丛生着，那奇丑的矮树，主干老是虬结着的，曾经博得这里农民们的衷心的爱护与喜悦的，其茸茸的细叶也枯卷在枝干上。论理这时是该肥肥的浓绿蔽满了枝头的。没有一个人不着急。他们吁天祷神，他们祀祖求卜，家家都已用尽了可能的努力。然而"旱魃"仍是报冤的鬼似的，任怎样禳祷也不肯去。农民们的蚕事是无望的了，假如不再下几阵倾盆的大雨，连食粮也都成了严重的问题；秋收是眼看的不济事了。

郑振铎精品集

133

没有下田或采桑的男妇，他们都愁闷的无事可作的聚集在村口，窃窃的私语着。人心惶惶然，有些激动。左近好几十村都是如此。村长们都已到了城里去。

该是那位汤有什么逆天的事吧？天帝所以降下了那末大的责罚，那该是由那位汤负全责的！

人心骚动着。到处都在不稳的情态之下。

来了，来了，村长们从城里拥了那位汤出来了。还有祭师们随之而来。人们骚然的立刻包围上了，密匝匝的如蜜蜂的归巢似的。人人眼睛里都有些不平常的诡怪的凶光在闪露着。

看那位汤穿着素服，披散了发，容色是戚戚的，如罩上了一层乌云，眼光有些惶惑。

太阳蒸得个个人气喘不定。天帝似在要求着牺牲的血。

要雨，我们要的是雨。要设法下几阵雨！

祷告！祷告！要设法使天帝满足！

该有什么逆天的事吧？该负责设法挽回！

农民们骚然的吵着喊着；空气异然的不稳。

天帝要牺牲，要人的牺牲！要血的牺牲！我们要将他满足，要使他满足！——仿佛有人狂喊着。

要使他满足！——如雷似的呼声四应。

那位汤抬眼望了望；个个人眼中似都闪着诡异的凶光。他额际阵阵的滴落着豆大的黄汗。他的斑白的鬓边，还津津的在集聚汗珠。

诸位——他要开始喊叫，但没有一个听他。

抬祭桌——一人倡，千人和。立刻把该预备的东西都预备好了。

堆柴——又是一声绝叫。高高的柴堆不久便竖立在这大平原的地面上了。

那位汤要喊叫，但没有一个人理会他。他已重重密密的被包围在铁桶似的人城之中。额际及鬓上的汗珠尽望下滴。他眼光惶然的似注在空洞的空气中，活像一只待屠的羊。

有人把一件羊皮袄，披在那位汤的背身上。他机械的服从着，被村长们领到祭桌之前，又机械的匍匐在地。有人取了剪刀来。剪去了他的发，剪去了他的手指甲。

发和爪都抛在祭盆里烧着；一股的腥焦的气味。

四边的祷祈的密语，如雨点似的渐沥着。村长们、祭师们的咒语，高颂着。空气益发紧张了。人人眼中都闪着诡异的凶光。

黄澄澄的太阳光，睁开了大眼瞧望着这一幕的活剧的进行。还是一点雨意也没有。但最远的东北角的地平线上，已有些乌云在聚集。

祈祷咒诵的声音营营的在杂响着。那位汤耳朵里嗡嗡的一句话也听不进。他匍匐在那里，看见的只是祭桌的腿，燔盘的腿，以及臻臻密密的无量数的人腿，如桑林似的植立在那里。他知道他自己的命运；他明白这幕活剧要进行到什么地步。他无法抵抗，他不能躲避。无穷尽的祷语在念诵着；无数的礼仪的节目在进行着。燔盘里的火焰高高的升在半空；人的发爪的焦味儿还未全散。他额际和鬓边的汗珠还不断的在集合。

村长们、祭师们，护掖他立起身来。在群众的密围着向大柴堆而进。他如牵去屠杀的羊儿似的驯从着。

东北风吹着，乌云渐向天空漫布开来。人人脸上有些喜意。那位汤也有了一丝的自慰。但那幕活剧还在进行。人们拥了那位汤上了柴堆。他孤零零的跪于高高的柴堆之上。四面是密密层层的人。祭师们、村长们又在演奏着种种的仪式跪着，祷着，立着，行着。他也跪祷着，头仰向天；他只盼望着乌云聚集得更多，他只祷求雨点早些下来，以挽回这个不可救的局面。风更大了，吹拂得他身上有些凉起来。额际的汗珠也都被吹干。

祭师们、村长们又向燔火那边移动了。那位汤心上一冷。他知道他们第二步要做什么。他仿徨的想跳下柴堆来逃走。但望了望，那末密密匝匝的紧围着的人们，个个眼睛都是那么诡怪的露着凶光，他又不禁倒抽了一口冷气，他知道逃脱是不可能的。他只是盼望着雨点立刻便落下来，好救他出于这个危局。

祭师们、村长们又从燔火那边缓缓的走过来了；一个祭师的领袖手里执着一根火光熊熊的木柴。那位汤知道他的运命了；反而闭了眼，不敢向下看。

乌云布满了天空；有豆大的雨点从云罅里落了下来，人人仰首望天。一阵的欢呼！连严肃到像死神似的祭师们也忘形的仰起了头。冰冷的水点，接续的滴落在他们的颊上，眉间；如向日葵似的开放了心向夏雨迎接着。那位汤听见了欢呼，吓得机械的张开了眼。他觉得有湿漉漉的粗点，洒在他新被剪去了发的头皮上。雨是在继续的落下！他几乎也要欢呼起来，勉强的抑制了自己。

雨点更粗更密了，以至于组成了滂沱的大水流。个个人都淋得满身的湿水。但他们是那么喜悦！

空气完全不同了。空中是充满了清新的可喜的泥土的气息，使人们嗅到了便得意。个个人都跪倒在湿泥地上祷谢天帝。祭师的领袖手上的烧着的木柴也被淋熄了；燔火也熄了。

万岁，万岁！万岁！——他们是用尽了腔膛里的肺量那么欢呼着。

那位汤又在万目睽睽之下，被村长们、祭师们护掖下柴堆。他从心底松了一口气；暗暗的叫着惭愧。人们此刻是那末热烈的拥护着他！他立刻又恢复了庄严的自信的容色，大跨步的向城走去。人们紧围着走。

那位汤也许当真的以为天帝是的确站在他的一边了。

万岁，万岁！万岁！！的欢呼声渐远。

大雨如天河决了口似的还在落下；聚成了一道河流，又蠢蠢的在桥下奔驰而东去。小池塘也渐渐的积上了土黄色的混水。树林野草似乎也都舒适的吐了一口长气。桑林的萎枯的茸茸的细叶，似乎立刻便有了怒长的生气。

只有那位柴堆还傲然的植立在大雨当中，为这幕活剧的唯一存在的证人。

二　本　事

以上所写的一幕活剧，并不是什么小说——也许有点附会，但并不是全然离开事实的。这幕活剧的产生时代，离现在大约有三千二百五十年；剧中的人物便是那位君王汤。这类的活剧，在我们的古代，演的决不止一次两次，剧中的人物，也决不止那位汤一人。但那位幸运儿的汤，却因了太好的一个幸运，得以保存了他的生命，也便保存了那次最可纪念的一幕活剧的经过。

汤祷的故事，最早见于《荀子》、《尸子》、《吕氏春秋》、《淮南子》及《说苑》。《说苑》里记的是：

> 汤之时，大旱七年，雒坼川竭，煎沙烂石，于是使人持三足鼎祝山川，教之祝曰：政不节邪？使人疾邪？苞苴行邪？谗夫昌邪？宫室崇邪？女谒盛邪？何不雨之极也？言未已，而天大雨。

这里只是说，汤时大旱七年，他派人去祭山川，教之祝辞，"言未已，而天大雨"，并无汤自为牺牲以祷天之说；但《说苑》所根据的是《荀子》，《荀子》却道：

> 汤旱而祷曰：政不节与？使民族与？何以不雨至撕极也！宫室荣与？妇谒盛与？何以不雨至斯极也！苞苴行与？谗夫兴与？何以不雨至撕极了！

《荀子》说的是汤旱而祷，并没有说"使人持三足鼎祝山川"；这一节话，或是刘向加上去的。但向书实较晚出；《吕氏春秋》记的是：

> 汤克夏而正天下。天大旱五年不收。汤乃以身祷于桑林曰：余一人有罪，无及万夫。万夫有罪，在余一人。无以一人之不敏，使上帝鬼神伤民之命。于是剪其发，磨其手，以身为牺牲，用祈福于上帝。民乃甚说，雨乃大至！

这是最重要的一个记载，其来源当是很古远的，决不会是《吕氏春秋》作者的杜撰；《说苑》取《荀子》之言，而不取《吕氏春秋》，或者是不相信这传说的真实性罢？但汤祷于桑林的传说，实较"六事自责"之说为更有根据，旁证也更多：

《淮南子》：
> 汤之时，七年旱，以身祷于桑林之际，而四海之云凑，千里之雨至。

又李善《文选注》引《淮南子》：

> 汤时大旱七年，卜用人祀天。汤曰：我本卜祭为民，岂乎自当之。乃使人积薪，剪发及爪，自洁居柴上。将自焚以祭天。火将燃，即降大雨。（《思玄赋》注）

《尸子》：

汤之救旱也，乘素车白马，著布衣，婴白茅，以身为牲，祷
于桑林之野。当此时也，弦歌鼓舞者禁之。

这都是说，汤自己以身为牺牲，而祷于桑林的；《淮南子》更有"自洁
居柴上"之说。这也许更古。皇甫谧的《帝王世纪》，则袭用《淮南》、
《吕览》之说：

《帝王世纪》：

汤自伐桀后，大旱七年，殷史卜曰：当以人祷。汤曰：吾所
为请雨者民也，若必以人祷，吾请自当。遂斋戒，剪发断爪，以
身为牲，祷于桑林之社。言未已，而大雨，方数千里。

在离今三千二百五十余年的时候，这故事果曾发生过么？我们以今日
的眼光观之，实在只不过是一段荒唐不经的神话而已。这神话的本质，是
那么粗野，那么富有野蛮性！但在古代的社会里，也和今日的野蛮人的社
会相同，常是要发生着许多不可理解的古怪事的。愈是野蛮粗鄙的似若不
可信的，倒愈是近于真实。自从原始社会的研究开始了之后，这个真理便
益为明白。原始社会的生活是不能以今日的眼光去评衡的；原始的神话是
并不如我们所意想的那么荒唐无稽的。

但在我们的学术界里，很早的时候，便已持着神话的排斥论，惯好以
当代的文明人的眼光去评衡古代传说。汤祷的事，也是他们的辨论对象之
一。底下且举几个有力的主张。

三　曲　解

《史记》在《殷本纪》里详载汤放网的故事，对于这件祷于桑林的大
事，却一个字也不提起。以后，号为谨慎的历史学者，对此也纷纷致其驳
诘，不信其为实在的故事。崔述的《商考信录》尝引宋南轩张氏，明九我
李氏的话以证明此事的不会有：

张南轩曰：史载成汤祷雨，乃有剪发断爪。身为牺牲之说。夫以汤之圣。当极旱之时，反躬自责，祷于林野，此其为民吁天之诚，自能格天致雨，何必如史所云。且人祷之占，理所不通。圣人岂信其说而毁伤父母遗体哉！此野史谬谈，不可信者也。

李九我曰：大旱而以人祷，必无之理也。闻有杀不辜而致常旸之咎者矣，未有旱而可以人祷也！古有六畜不相为用，用人以祀。惟见于宋襄、楚灵二君。汤何如人哉！祝、史设有是词，独不知以理裁，而乃以身为牺，开后世用人祭祀之原乎？天不信汤平日之诚，而信汤一日之祝，汤不能感天以自修之实，而徒感天以自责之文，使后世人主，一遇水旱，徒纷纷于史巫，则斯言作俑矣。

崔氏更加以案语道：

余按《公羊》桓五年，传云：大雩者，旱祭也。注云：君亲之南郊，以六事谢过自责曰：政不一与？民失职与？宫室崇与？妇谒盛与？苞苴行与？谗夫倡与？使童男各八人舞而呼雩，故谓之雩。然则，以六事责，乃古雩祭常礼，非以为汤事也。僖三十一年传云：三望者何？望祭也。然则曷祭？祭泰山、河、海。注云：《韩诗传》曰：汤时大旱，使人祷于山川是也。然则，是汤但使人祷于山川，初未尝身祷，而以六事自责也。况有以身为牺者哉！且雩祭天，祷雨也，三望，祭山川也；本判然两事。虽今《诗传》已亡，然观注文所引，亦似绝不相涉者。不识传者何以误合为一，而复增以身为牺之事，以附会之也。张、李二子之辨当矣。又按诸子书，或云尧有九年之水，汤有七年之旱，或云尧时十年九水，汤时八年七旱。尧之水见于经传者多矣，汤之旱何以经传绝无言者？尧之水不始于尧，乃自古以来，积渐泛滥之水，至尧而后平耳。汤之德至矣，何以大旱至于七年？董子云：汤之旱，乃桀之余虐也。纣之余虐，当亦不减于桀；周克殷而年丰，

> 何以汤克夏而反大旱哉？然则，汤之大旱且未必其有无，况以身
> 为牺，乃不在情理之尤者乎！故今并不录。

张、李二氏不过是"空口说白话"，以直觉的理性来辨正。崔氏却利害得多了；他善于使用考据家最有效的武器；他以《公羊注》所引的《韩诗传》的两则佚文，证明《荀子》、《说苑》上的汤祷的故事，乃是"误合"二事为一的；而"以身为牺之事"则更是"附会"上去的。他很巧辨，根据于这个巧辨，便直捷的抹杀古史上的这一件大事。但古代所发生的这么重要的一件大事，实在不是"巧辨"所能一笔抹杀的。

他们的话，实在有点幼稚得可笑；全是以最浅率的直觉的见解，去解释古代的历史。但以出于直觉的理解，来辨论古史实在是最危险的举动。从汉王充起到集大成的崔述为止，往往都好以个人的理性，来修改来辨正古史。勇于怀疑的精神果然是可以钦佩，却不知已陷于重大的错误之中。古史的解释决不是那么简单的；更不能以最粗浅的，后人的常识去判断古代事实的有无。站在汉，站在宋，乃至站在清，以他们当代的文化已高的社会的情况作标准去推测古代的社会情况，殆是无往而不陷于错误的。汤祷的故事便是一个好例。他们根本上否认"人祷"。张南轩说："人祷之占，理所不通。"李九我说："大旱而以人祷，必无之理也。"崔东璧且更进一步而怀疑到汤时大旱的有无的问题。他还否认汤曾亲祷，只是"使人祷于山川"（至于"六事自责"的事，原是这个传说里不重要的一部分，即使是后来附会上去的，也无害于这传统的真实性。故这里不加辨正）。他们的受病之源，大约俱在受了传统的暗示，误认汤是圣人，又认为天是可以诚格的。故张氏有"此其为民吁天之诚，自能格天致雨"之说，李氏有"汤何如人哉！——天不信汤平日之诚，而信汤一日之祝"之说。崔氏更有"纣之余虐，当亦不减于桀。周克殷而年丰，何以汤克夏而反大旱哉"之言。这些话都是幼稚到可以不必辨的。我们可以说，"人祷"的举动，是古代的野蛮社会里所常见的现象。"大旱而以人祷"，并不是"必无之理"。孔子尝云："始作俑者其无后乎！"也恰恰是倒果为因的话。最古的时候必以活的人殉葬，后世"圣人"，乃代之以俑（始作俑者，其必有后也！——我们该这么说才对）。这正如最古的时候，祷神必以活人为牺牲一样。后来乃代以发和

爪——身体的一部分——或代以牛或羊。希腊往往为河神而养长了头发；到了发长时，乃剪下投之于河，用以酬答河神的恩惠（Pausanias 的 "The Description of Greece" 书里屡言及此）。这可见希腊古时是曾以"人"祷河的。后乃代之以发。我们古书里所说的"秦灵公八年，初以君主妻河"（见《史记·六国表》）及魏文侯时邺人为河伯娶妇的事（见《史记·滑稽列传》）皆与此合。希腊神话里更有不少以人为牺牲的传说。最有名的一篇悲剧 Iphigenia（Euripides 作）便是描写希腊人竟将妙龄的女郎 Iphigenia（主帅 Agamanon 之女）作为牺牲以求悦于 Artemis 女神的。所以，祈雨而以"人"为牺牲的事，乃是古代所必有的。汤的故事恰好遗留给我们以一幅古代最真确的生活的图画。汤之将他自己当作牺牲，而剪发断爪，祷于桑林，并不足以表现他的忠心百姓的幸福，却正是以表现他的万不得已的苦衷。这乃是他的义务，这乃是他被逼着不能不去而为牲的——或竟将真的成了牺牲品，如果他运气不好，像希腊神话里的国王 Athamas；这位 Athamas 也是因了国内的大饥荒而被国民们杀了祭神的。所以，那位汤，他并不是格外的要求讨好于百姓们，而自告奋勇的说道："若以人祷，请自当！"他是君，他是该负起这个祈雨的严重的责任的！除了他，别人也不该去。他却不去不成！虽然"旱"未必是"七年"，时代未必便是殷商的初期，活剧里主人公也许未必便真的是汤，然而中国古代之曾有这幕活剧的出现，却是无可置疑的事。——也许不止十次百次！

四 "蛮性的遗留"

我们看《诗经·大雅》里的一篇《云汉》。那还不是极恐怖的一幕大旱的写照么？"倬彼云汉，昭回于天。王曰：于乎！何辜今之人！天降丧乱，饥馑荐臻。靡神不举，靡爱斯牲。圭璧既卒，宁莫我听？"这祷辞是那么样的迫切。剧中人物也是一位王；为了大旱之故，而大饥馑，天上还是太阳光满晒着，一点雨意都没有。于是"王"不得不出来祷告了。向什么神都祷告过了，什么样的牺牲（肥牛白羊之类吧），都祭用过了；许多的圭璧也都陈列出来过了，难道神还不见听么？

"旱既大甚，蕴隆虫虫。不殄禋祀，自郊徂宫。上下奠瘗，靡神不宗。

后稷不克，上帝不临；耗斁下土，宁丁我躬。"这是说，天还不下雨，什么都干枯尽了。"王"是从野外到庙宇，什么地方都祷求遍了，什么神都祭祀过了；却后稷不听，上帝不临。仍然是没有一点雨意。宁愿把"王"自己独当这灾害之冲罢，不要再以旱来耗苦天下了。这正如汤之祷辞："余一人有罪，无及万夫；万夫有罪，在余一人。无以一人之不敏，使上帝鬼神，伤民之命"，是相合的。古代社会之立"君"或正是要为这种"挡箭牌"之用罢。

"旱既大甚，则不可推，兢兢业业，如霆如雷。周余黎民，靡有孑遗。昊天上帝，则不我遗；胡不相畏，先祖于摧。"大旱是那么可怕，一切都枯焦尽了，人民们恐怕也要没有孑遗了；上帝怎么不相顾呢？祖先怎么不相佑呢？

"旱既大甚，则不可沮。赫赫炎炎，云我无所。大命近止，靡瞻靡顾。群公先正。则不我助；父母先祖，胡宁忍予。"旱是那么赫赫炎炎的不可止。既逃避不了，和死亡也便邻近了。"群公先正"怎么会不我助呢？祖先们又怎么忍不我助呢？

"旱既大甚，涤涤山川；旱魃为虐，如惔如焚。我心惮暑，忧心如熏。群公先正，则不我闻，昊天上帝，宁俾我遯！"水涸了，山秃了，旱魃是如燎如焚的在肆虐。"王"心里是那么焦苦着；为什么上帝和祖先都还不曾听到他的呼号而一为援手呢？

"旱既大甚，黾勉畏去。胡宁瘨我以旱，憯不知其故。祈年孔夙，方社不莫。昊天上帝，则不我虞；敬恭明神，宜无悔怒。"不知什么原故，天乃给这里的人们以大旱灾呢？王很早的便去祈年了；祭四方与社又是很克日不莫。上帝该不至为此而责备他；他那样的致敬恭于神，神该没有什么悔和怒罢？

"旱既大甚，散无友纪。鞫哉庶正，疚哉冢宰。趣马师氏，膳夫左右。靡人不周，无不能止。瞻卬昊天，云如何里！"大旱了那么久，什么法子都想遍了。什么人也都访问遍，却都没法可想，仰望着没有纤云的天空，到底是怎么一会事呢！

"瞻卬昊天，有嘒其星。大夫君子。昭假无赢；大命近止，无弃尔成。何求为我，以戾庶正！瞻卬昊天，曷惠其宁！"夜间是明星一粒粒的烔烔的天，一点雨意也没有。假如是为了王一人的原故，便请不要降灾于天下而只降灾于一人吧！"何求为我，以庶庶正"的云云，和汤的"无以一人之不敏，使上帝鬼神伤民之命"的云云，口气是完全同一的。

在周的时代，为了一场的旱灾的作祟，国王还是那么样的张皇失措，那么样的焦思苦虑，那么样的求神祷天，那么样的引咎自责；可见在商初的社会里，而发生了汤祷的那样的故事是并不足为怪的。

不仅此也；从殷、周以来的三千余年间，类乎汤祷的故事，在我们的历史上，不知发生了多少。天下有什么"风吹草动"的灾异，帝王们便须自起而负其全责；甚至天空上发现了什么变异，例如彗星出现等等的事。国王们也便都要引为自咎的下诏罪己，请求改过。底下姑引我们历史上的比较有趣的同类的故事若干则，以示其例。

在《尚书·金縢》及《史记》里，说是在周成王三年的秋天，大熟未获，天大雷电以风，禾尽偃，大木斯拔。王大恐，与大夫尽弁，以启金縢之匮，见周公请代武王之事，执书以泣，乃出郊迎周公。天乃雨，反风，禾尽起，岁则大熟。这段记载，未免有些夸大，但充分的可以表现出先民们对于天变的恐惧的心理，以及他们的相信改过便可格天的观念。

周敬王四十年夏，荧惑守心。心为宋的分野。宋景公忧之。司星子韦道：可移于相。公道：相，吾之股肱。子韦道：可移于民。公道：君者待民。子韦道：可移于岁。公道：岁饥民困，吾谁为君？子韦道：天高听卑，君有君人之言三，荧惑宜有动。于是候之，果徙三度。这还是以诚感天的观念。但荧惑守心，而司星者便戚戚然要把这场未来的灾祸移禳给相，给民或给岁，以求其不应在国王的身上，可见他们是相信，凡有天变，身当之者便是国王他自己。这种移祸之法，后来往往见于实行。汉代常以丞相当之；臣民们也往往借口于此以攻击权臣们。

秦始皇二十年，燕太子丹遣荆轲入秦，欲乘间刺始皇。轲行时，白虹贯日。在汉代的时候，一切的天变都成了皇帝的戒惧和自责的原因。破落户出身的刘邦，本来不懂这些"为君"的花样，所以他也不管这些"劳什子"。但到了文、景之时，便大不相同了。"汉家气象"，渐具规模。文帝二年的冬天，"日有食之"，他便诚惶诚恐的下诏求言道：

朕闻之，天生民，为之置君以养治之。入主不德，布政不均，则天示之灾以戒不治。乃十一月晦，日有食之，适见于天。灾孰大焉！朕护保宗庙，以微渺之身，托于士民君王之上。天下治乱，在予一人。唯二三执政，犹吾股肱也。朕下不能治育群生，上以累三光之明，其不德大矣！令至，其悉思朕之过失，乃知见之所不及，匄以启告朕。及举贤良方正能直言极谏者，以匡朕之不逮。

这还不宛然的汤的"余一人有罪"的口吻么？此后二千余年，凡是遇天变，殆无不下诏求言者；其口吻也便都是这一套。

过了不多时候，皇帝们又发明了一个减轻自己责任的巧妙的方法，便是把丞相拿来做替死鬼。凡遇天变的时候，便罢免了一位丞相以禳之。汉成帝阳朔元年二月，晦，日食。京兆尹王章便乘机上封事，言日食之咎，皆王风专权蔽主之过。最可惨者：当成帝绥和二年春二月，荧惑守心；郎贲丽善为星，言大臣宜当之。帝乃召见丞相翟方进，赐册责让，使尚书令赐上尊酒十石养牛一。方进即日自杀。这真是所谓"移祸于枯桑"了。

郑振铎精品集

144

灵帝光和元年，秋七年，青虹见玉堂殿庭中。帝以灾异诏问消复之术。蔡邕对道："臣伏思诸异，皆亡国之怪也。天于大汉，殷勤不已，故屡出祆变，以当谴责。欲令人君感悟，改危即安。……宜高为隄防，明设禁令，深惟赵、霍，以为至戒，则天道亏满，鬼神福谦矣！"这话恰足以代表二千余年来儒者们对于灾异的解释。

晋孝武帝太元二十年夏五月，有长星见自须女，至于哭星。帝心恶之，于华林园举酒祝之日："长星！劝汝一杯酒。自古何有万岁天子邪？"

晋安帝元兴十四年冬十一月，彗星出天津，入太微，经北斗，络紫微，八十余日而灭。魏崔浩谓魏主嗣道："晋室陵夷，危亡不远。彗之为异，其刘裕将篡之应乎？"

唐高祖武德九年六月，太白经天。李世民杀其兄建成，弟元吉。

唐太宗贞观二年春三月，关内旱饥，民多卖子。诏出御府金帛，赎以还之。尝谓侍臣道："使天下又安，移灾朕身。是所愿也。"所在有雨，民大悦。

贞观十一年秋七月，大雨，谷洛溢，入洛阳宫，坏官寺民居，溺死者六千余人。诏：水所毁宫，少加修缮，才令可居。废明德宫、云圃院，以其材给遭水者。令百官上封事，极言朕过。

唐高宗总章元年，夏四月，彗星见于五车。帝避正殿，减膳彻乐。许敬宗等道：彗星见东北，高丽将灭之兆也。帝道："朕之不德，谪见于天，岂可归罪小夷！且高丽之百姓，亦朕之百姓也。"

唐中宗景龙四年，夏六月，李隆基将起兵诛诸韦。微服和刘幽求等入苑中。逮夜，天星散落如雪。幽求道："天意若此，时不可失！"于是葛福顺直入羽林营，斩诸韦典兵者以徇。

唐德宗兴元元年，春正月，陆贽言于帝道："昔成汤以罪己勃兴，楚昭以善言复国。陛下诚能不吝改过以谢天下，则反侧之徒革心向化矣。"帝然之。乃下制道："致理兴化，必在推诚，忘己济人，不吝改过。小于长于深宫之中，暗于经国之务……天谴于人，而朕不悟，人怨于下，而朕不知。驯至乱阶，变兴都邑。万品失序，九庙震惊。上累祖宗，下负烝庶。痛心觍貌，罪实在予。"

唐宣宗大中八年，春正月，日食，罢元会。

唐昭宗大顺二年，夏四月，彗星出三台，入太微，长十丈余。赦天下。

唐昭宣帝天祐二年，夏四月，彗星出西北，长竟天。朱全忠专政，诛杀唐宗室殆尽。

宋太宗端拱三年，彗星出东井。司天言，妖星为灭契丹之象。赵普立刻上疏，谓此邪佞之言，不足信。帝乃照惯例避殿减膳大赦。宋真宗咸平元年，春，正月。彗星出营室北。吕端言应在齐鲁分。帝道："朕以天下为忧，岂直一方邪？"诏求直言，避殿减膳。

宋仁宗景祐元年，八月，有星孛于张翼。帝以星变，避殿减膳。

宋仁宗宝元元年，春正月，时有众星西北流，雷发不时，下诏，求直言。

宋哲宗元符三年三月。以四月朔，日当食，诏求直言。已预先知道要日食，推算之术可算已精，却更提早的先求直言。这殊为可笑！筠州推官崔鸥乃上书道："夫四月，阳极盛，阴极衰之时，而阴于阳，故其变为大，惟陛下畏天威，听明命，大运乾刚，大明邪正，则天意解矣。"

宋徽宗大观三年，有郭天信的，以方伎得亲幸，深以蔡京为非。每奏天文，必指陈以撼京。密白日中有黑子。帝为之恐，遂罢京。

宋高宗建炎三年六月，大霖雨。吕颐浩、张浚都因之谢罪求去。诏郎官以上言阙政。赵鼎乘机上疏道："凡今日之患，始于安石，成于蔡京。今安石，犹配享神宗，而京之党未除，时政之缺，莫大于此。"帝从之，遂罢安石配享。寻下诏以四失罪己。

宋理宗宝祐三年，正月，迅雷。起居郎牟子才上书言元夕不应张灯，遂罢之。

元世祖至元三十年，冬十月，彗出紫微垣。帝忧之，夜召不忽术入禁中，问所以销天变之道。不忽术道："风雨自天而至，人则栋宇以待之；江河为地之限，人则舟楫以通之；天地有所不能者，人则为之。此人所以与天地参也。且父母怒。人子不敢疾怨，起敬起孝。故《易》曰：君子以恐惧修省。《诗》曰：敬天之怒。三代圣王，克谨天戒，鲜有不终。汉文之世，同日山崩者二十有九；日食地震，频岁有之。善用此道，天亦悔祸，海内又安。此前代之龟鉴也。愿陛下法之。"因诵文帝日食求言诏。帝悚然道："此言深合朕意。"

元仁宗延祐四年，夏四月，不雨。帝尝夜坐，谓侍臣道："雨旸不时，奈何？"萧拜佑道："宰相之过也。"帝道："卿不在中书邪？"拜佑惶愧。顷之，帝露香祷于天。既而大雨，左右以雨衣进。帝道："朕为民祈雨，何避焉！"

明神宗万历九年，夏四月，帝问张居正道："淮、凤频年告灾，何也？"居正答道："此地从来多荒少熟。元末之乱，从起于此。今当破格赈之。"又言："江南北旱，河南风灾，畿内不雨，势将蠲赈。惟陛下量入为出，加意撙节，如宫费及服御，可减者减之，赏赉，可裁者裁之。"

郑
振
铎
精
品
集

明怀宗崇祯十二年，二月，风霾，亢旱，诏求直言。

像这一类的故事和史实是举之不尽的。那些帝王们为什么要这样的"引咎自责"呢？那便是很值得研究的一个重要的问题。从汤祷起到近代的"下诏求言"止，他们是一条线下去的。又，不仅天变及水旱灾该由皇帝负责，就是京都墙圈子里，或宫苑里有什么大事变发生，皇帝也是必须引咎自责的。像宋宁宗嘉泰元年春三月，临安大火，四日乃灭。帝诏有司赈恤被灾居民，死者给钱瘗之。又下诏自责。避正殿减膳。命临安府察奸民纵火者，治以军法，内降钱十六万缗，米六万五千余石，赈被灾死亡之家。宋理宗嘉熙元年夏五月，临安又大火，烧民庐五十三万。士民上书，咸诉济王之冤。进士潘妨对策，亦以为言，并及史弥远。这可见连火灾也被视为是上天所降的遣罚，并被利用来当作"有作用"的净谏之资的了。又像元英宗至治二年，夏六月，奉元行宫正殿灾。帝对群臣道："世皇建此宫室，而朕毁，实朕不能图治之故也。"连一国宫中殿宇的被毁，皇帝也是不自安的。

他们这些后代的帝王，虽然威权渐渐的重了，地位渐渐的崇高了，不至于再像汤那么的被迫的剪去发和爪，甚至卧在柴堆上，以身为牺牲，以祈祷于天；但这个远古的古老的习惯，仍然是保存在那里的。他们仍要担负了灾异或天变的责任；他们必须下诏罪己，必须避殿减膳，以及其他种种的"花样"。也有些皇帝们，正兴高采烈的在筹备封禅，想要自己奢夸的铺张一下，一逢小小的灾变，往往便把这个高兴如汤泼雪似的消灭了；像在雍熙元年的时候，赵光义本已下诏说，将以十一月，有事于泰山，并命翰林学士扈蒙等详定仪注。不料，在五月的时候，乾元、文明二殿灾。他遂不得不罢封禅，并诏求直言。

我们可以说，除了刚从流氓出身的皇帝，本来不大懂得做皇帝的大道理的（像刘邦之流），或是花花公子，席尊处优惯了，也不把那些"灾异"当作正经事看待（像宋理宗时，临安大火。士民皆上书诉济王之冤。侍御史蒋岘却说道：火灾天数，何预故王。请对言者严加治罪），之外，没有一个"为君""为王"的人，不是关心于那些灾异的；也许心里在暗笑，但表面上却非装出引咎自责的严肃的样子来不可的。天下的人民们，一见了皇帝的罪己求言诏，也像是宽了心似的；天大的灾患，是有皇帝在为他们做着"挡箭牌"的；皇帝一自遣，一改过，天灾便自可消灭了。这减轻了多少的焦虑和骚动！我们的几千年来的古老的社会，便是那样的一代一代的老在玩着那一套的把戏。

原始社会的"精灵"是那样的在我们的文明社会里播弄着种种的把戏！——虽然表面上是已带上了比较漂亮的假面具。

真实的不被压倒于这种野蛮的习俗之下的，古来能有几个人？王安石的"天变不足畏"，恐怕要算是最大胆的政治改革者的最大胆的宣言！

五 "祭师王"

但我们的古代的帝王，还不仅要负起大灾异，大天变的责任，就在日常的社会生活里，他所领导的也不仅止"行政"、"司法"、"立法"等等的"政权"而已；超出于这一切以上的，他还是举国人民们的精神上的领袖——宗教上的领袖。他要担负着举国人民们的对神的责任；他要为了人民们而祈祷；他要领导了人民们向宗教面前致最崇敬的礼仪。在农业的社会里，最重要的无过于"民食"，所以他每年必须在祈年殿祷求一次；他必须"亲耕"，他的皇后，必须亲织。我们看北平城圈子里外的大神坛的组织，我们便明白在从前的社会里——这社会的没落，离今不过二十余年耳！——为万民之主的皇帝们所要做的是什么事。这里是一幅极简单的北平地图，凡无关此文的所在，皆已略去；于是我们见到的是这样：这里有天地日月四坛，有先农坛，有社稷坛，有先蚕坛，有太庙，有孔庙。一个皇帝所要管领的一国精神上的、宗教上的事务，于此图便可完全明了。他要教育士子；他要对一国的"先师"——孔子——致敬礼，所以有国子监，有孔庙；他要祭献他的"先公列祖"，所以他有太庙。他所处的是一个农业的社会，一切均以农业的活动为中心，所以有先农坛；而天坛里，特别有祈年殿的设备。又在传说的习惯里，他所崇敬的最高的天神们，还脱离不了最原始的本土宗教的仪式（虽然佛、回、耶诸一神教皆早已输入了），所以他所列入正式的祀典的，除了"先师"孔子以外，便是天、地、日、月等的自然的神祇，而于天，尤为重视。这样的自然崇拜的礼仪，保存着的，恐怕不止在三千年以上的了。

最有趣味的是关于孔子的崇拜。在汉代，这几乎是"士大夫"们要维持他们的"衣食"的一种把戏吧，便把孔子硬生生抬高而成为一个宗教主。刘邦初恶儒生，但得了天下之后，既知不能以"马上治之"，便以太牢祠孔子。行伍出身的郭威，也知道怎样的致敬孔子。广顺二年，夏六月，他到了曲阜，谒孔子庙，将拜。左右道：孔子，陪臣也，不当以天子拜之。威道：孔子，百世帝王之师，敢不敬乎？遂拜；又拜孔子墓，禁樵采，访孔子、颜渊之后，以为曲阜令及主簿。以后，差不多每一新朝成立或每一新帝即位时，几乎都要向孔子致敬的。连还没有脱离游牧生活的蒙古人，也被中国的士大夫们教得乖巧了，知道诏中外崇奉孔子（元世祖至元三十一年事）。知道下制加孔子号曰大成。（元成宗元贞十一年事。制曰：先孔子而圣者，非孔子无以明，后孔子而圣者，非孔子无以法。所谓祖述尧、舜，宪举文、武，仪范百王，师表万世者也。可加大成至圣文宣王，遣使阙里，祀以太牢。於戏，父子之亲，君臣之义，永为圣教之遵；天地之大，日月之明，奚罄名言之妙！尚资神化，祚我皇元！）朱元璋是一个最狡猾的流氓，但到了得天下之后，便也知道敬孔拜圣。（洪武十五年，元璋诣国子学，行释菜礼。初，他将释菜，令诸儒议礼。议者道：孔子虽圣，人臣也，礼宜一奠再拜。他道：圣如孔子，岂可以职位论哉！然他对于孟子，却又是那样的不敬。这其间是很可以明白重要的消息的。他们那些狡猾的流氓。所以屈节拜于孔子者，盖都是欲利用其明君臣之分的一点）在汉代，皇帝们还常常亲自讲学，像汉宣帝甘露三年，诏诸儒讲五经异同于石渠阁。萧望之等平奏，上亲称制临决。立梁邱《易》，夏侯《尚书》，穀梁《春秋》博士；又汉明帝承平十五年，帝到了山东曲阜，便诣孔子宅，亲御讲堂，命皇太子诸王说经；又汉章帝建初四年，诏太常将大夫博士郎官及诸儒，会白虎观，议五经同异。帝亲称制临决，作《白虎议奏》。是这些皇帝们竟也要和太常博士们争宗教上或学问上的领导权了。

郑振铎精品集

总之，我们昔时的许多帝王们，他们实在不仅仅是行政的领袖，同时也还是宗教上的领袖；他们实在不仅仅是“君”，且也还是“师”；他们除了担负政治上的一切责任以外，还要担任一切宗教上的责任。汤祷的故事，便是表现出我们的原始社会里担负这两重大责任的“祭师王”，或“君师”所遇到的一个悲剧的最显然的例子。

149

六　金　枝

为什么古代的行政领袖同时必须还要担负了宗教上的一切责任呢？英国的一位渊博的老学者 Sir James GeorgeFrazer 尝著了一部硕大深邃的《金枝》(The Golden Bough, a Study in Magic and Religion) 专门来解释这个问题。单是说起“王的起源”(Origin of the King,《金枝》的第一部分）的一个题目，已有了两厚册。所以关于理论上的详细的探讨，只须参读那部书，（当然还有别的同类的书）已可很明了的了。（《金枝》有节本，只一册，Mecmillan and Co. 出版）本文不能也不必很详细的去译述它。但我们须知道的，在古代社会里，"王"的名号与"祭师"的责任常是分不开的。在古代的意大利，一个小小的 Nemi 地方的林地里，有被称为《月神之镜》（Diana's Mirror）的湖，那风景，是梦境似的幽美。在那湖的北岸，有林中狄爱娜（DianaNenloreFisis）的圣地在着。在这圣地里，长着一株某种的树；白日的时候，甚至夜间，常见有一个人在树下守望着；他手里执着一把白雪雪的刀。他是一位祭师，也是一个杀人者；他所防备的人便是迟早的要求来杀了他而代替他做祭师的那人。这便是那个圣庙所定的规律。候补的祭师，只有杀了现任的那位祭师，方才可以承继其位置；当他杀了那祭师时，他便登上了这个地位，直到他自己后来也被一位更强健或更机诈的人所杀死。他所保守着的祭师的地位，同时还带有"王"号。（林中之王）但所有的王冠，是没有比他戴得更不舒服，时时都有连头被失去的危险。凡是筋力的衰弱，技术的荒疏，都足以使他致命。然而这结果总有一天会来到的。他必须是一个逃奴，他的后继者也必须是一个逃奴。当一个逃奴到了这个所在时，他必须先在某树上折下一支树枝——那是很不容易的事——然后方有权利和现任的祭师决斗。如果决斗而死，不必说，如果幸而胜，他便继之而登上了林中之王的宝座。这致命的树枝，便是所谓"金枝"者是。这个惨剧的进行，直到罗马帝国还未已。后来罗马的皇帝因为要掠夺那庙里的富有的宝物，便毁了那个圣地，而中止了这个悲剧的再演。

这个"金枝"的故事，在古代是独一无二的。但在这里所应注意的只是：为什么一个祭师乃被称为林中之王呢？为什么他的地位乃被视为一个国王的呢？"在古代的意大利和希腊，一个王号和祭师的责任的联合，乃常见的事。"在罗马及在拉丁的别的城里，总有一位号为"祭王"或"祭仪之王"的祭师，而他的妻也被称为"祭仪之后"。在共和国的雅典，其第二位每年的主国事者，是被称为王的，其妻也被称为后；二者的作用都是宗教的。有许多别的希腊共和国也都有名义上的王，他们的责任都似祭师。有几邦，他们有几个这类的名号上的王，轮流服务。在罗马，"祭王"的产生，据说是在王制废止以后，为的是要执行从前国王所执行的祭礼。希腊诸邦之有祭师式的王，其起源也不外此。只有斯巴达，她是希腊有史时代的唯一的王国，在其国中，凡一切国家的大祭皆是为天之子的国王所执行的。而这种祭师的作用和国王的地位的联合，乃是每个人都知道的事。在小亚细亚，在古代的条顿民族，差不多都是如此的（以上就应用 J. G. Frazer 的话）。而我们古昔的国王，如在上文所见者，其联合行政的与宗教的责任而为一的痕迹尤为显明。

国王的职责还不仅做一个祭师而已；在野蛮社会里，他们还视国王为具有魔力的魔术家，或会给人间以风，以雨，以成熟的米谷的神。但也如古代宗教主的受难，或神的受难一样，国王也往往因人民们的愿望的不遂而受了苦难。民俗学者，及比较宗教学者，常称教堂里的"散福"（即散发面包于信徒们）为"吃耶稣"（在英国）。为了这曾引起宗教的信徒们的大冲动过。在我们的社会里，僧尼们也常散送祭过神道的馒头糕饼等物给施主家，以为吃了可以得福。而在古代的野蛮社会里，便有了极残酷的真实的"吃耶稣"一类的事实发生。国王身兼"教主"往往也免不了要遭这场难。又，野蛮人在祈祷无效，极端的失望之余，往往要迁怒于神道身上；求之不应，便鞭打之，折辱之，以求其发生灵应。至今我们的祈雨者还有打龙王一类的事发生。希腊古代神话里，曾有一个可怖的传说：Athamas 做了 Achai 地方的国王。古代的 Achai 人在饥荒或瘟疫时，常要在 Lapbystius 山的高处，把国王作为牺牲，祭献给 Zeus。因为他们的先人们告诉过他们，只有国王才能担负了百姓们的罪：只有他一个人能成为他们的替罪的，在他的身上，一切毒害本地的不洁都放在他们身上。所以，当国王 Athamas 年纪老了时，Aehai 地方发生了一场大饥荒，那个地方的 Zeus 的祭师，便将他领到 Laphystius 山的高处而作为 Zeus 的牺牲（见《小说月报》二十一卷第一号，我编的《希腊罗马神话与传说中的英雄传说》）。我们的汤祷的故事和此是全然不殊的。汤的祷辞："余一人有罪，无及万夫，万夫有罪，在余一人"的云云，也可证其并不是什么虚言假语。

后来的帝王，无论在那一国，也都还负有以一人替全民族的灾患的这种大责任。我们在希腊大悲剧家 Saphocles 的名剧"Oedlipus the king"里，一开幕便见到 Thebes 城的长老们和少年人，妇人们，已嫁的未嫁的，都集合于王宫的门前，有的人是穿上了黑衣。群众中扬起哭喊之声，不时的有人大叫道：

"奥狄甫士！聪明的奥狄甫士！你不能救护我们么，我们的国王？"这城遭了大疫，然而他们却向国王去找救护！但在比较文化进步的社会里，这一类的现象已渐渐的成为"广陵散"。国王也渐渐的不再担负这一类的精神上的或宗教上的大责任了。然而我们的古老的社会，却还是保存了最古老的风尚，一个国王，往往同时还是一位"祭师"，且要替天下担负了一切罪过和不洁——这个不成文的法律到如今才消灭了不久！

七　尾　声

最后，还要讲一件很有趣味的事：在我们中国，不仅是帝王，即负责的地方官，几千年来也都还负着"君"、"师"的两重大责任。他们都不仅是行政的首领；他们且兼是宗教的领袖。每一个县城，我们如果仔细考察一下，便可知其组织是极为简单的。在县衙的左近，便是土谷祠；和县长抗颜并行的便是城隍，也是幽冥的县官。还有文昌阁、文庙，那是关于士子的；此外，还有财神庙、龙王庙、关帝庙、观音阁等。差不多每一县都是如此的组织或排列着的。这还不和帝王之都的组织有些相同么？一县的县官，其责务便俨然是一位缩小的帝王。他初到任的时候，一定要到各庙上香。每一年元旦的时候他要祭天，要引导着打春牛。凡遇大火灾的时候，即使是半夜，他也必须从睡梦中醒来，穿起公服，坐在火场左近，等候到火光熄灭了方才回衙。如果有大旱、大水等灾，他便要领导着人民们去祈雨，去求晴；或请龙王，或迎土偶。他出示禁屠；他到各庙里行香。他首先减膳禁食。这并不因为他是一位好官，所以如此的为百姓们担忧；这乃是每一位亲民的官都要如此的办着的。他不仅要负起地方行政的责任，也要负起地方上的一切的灾祥的以及一切的宗教上的责任。每一县官如此，每一府的府官，推而上之，乃至每一省的省官也是如此。他们是具体而微的"帝王"；"帝王"是规模放大的"地方官"。他们两者在实质上是无甚殊异的。

韩愈是一代的大儒；他尝诋毁宗教，反对迷信，谏宪宗迎佛骨；然当他做了潮州刺史的时候，便写出像《祭鳄鱼文》一类的文章出来，立刻摆出了"为官""为师"的气味出来。

还有许多地方官闹着什么驱虎以及求神判案的种种花样的，总之，离不开"神"的意味，固不必说，简直像崔子玉、包拯般的日间审阳，夜里理阴的"半神"似的人物了。

直到了今日，我们在我们的这个社会里，还往往可发见许多可发笑的趣事。当张宗昌主持着山东的政务时，阴雨了好久。他便在泰山顶上架了两尊大炮。对天放射，用以求晴。这虽然未免对天太不客气，但据说，果然很有效，不久便雨止天晴。

好几个省的政务官至今还领导着大大小小的官去祭孔。他们是不甘放弃了"师"的责任的。

据说，当今年黄河决口时，某省的主席下了一道严令，凡沿河各县的县长，都要把铺盖搬到河堤上去防守，不准回衙，直到河防出险了为止。

有一次，某市发生了大火灾，某公安局长亲自出发去扑救，监守在那里不去，直到火熄了下去。

他们，据说，都还是"好官"！

至今，每逢旱灾的时候，还有许多的地方是禁屠的。

以上只是随手举出的几个例子。如果读者们看报留心些，不知道可以找到多少的怪事奇闻出来。

我们的社会，原来还是那么古老的一个社会！原始的野蛮的习惯，其"精灵"还是那么顽强的在我们这个当代社会里作祟着！打鬼运动的发生，于今或不可免。

随感录（四则）

一　黑幕与嫌疑

现在有一类鬼鬼祟祟的人，自己不大干净，却到处说人家有黑幕。又有一类人，不问所做的事情对不对，应该不应该做，却只说什么嫌疑不嫌疑。可怜以粹洁的新青年的绝大团体中，乃有这种现象出现！黑幕！嫌疑！两个可恶的偶像！新青年光明磊落的胸中，不容有这种影像存在！

二　纸上的改造事业

有一位朋友对我说："现在什么改造，解放，各处都说得很热闹。可是他们都是纸上的文章。见之实行的有几个人？不信你看现在各地新产生各团体，曾办了什么事情？但是他们所首先划备的就是出版杂志。他们的全力，差不多都聚到这一方面去；好像他们的团体，是专为出版杂志而产生的一样。某处有一个机关，发起的时候，说是'以改造平民思想，实施平民教育为宗旨'。到后来什么事情也没有做，只办了一个报纸就算了事。又有一个学会，说是以实行工学为目的，其实他们不过每月拿出几十块钱出版一个杂志而已。其余如此的例，一时也说不尽。你看这不是纸上的文章容易做么？"这些话说得未免过偏，但是我想大家也应该反省一下。我们决不可专注重于纸上的事业吓！

三　虚伪

中国人是虚伪的人；所过的生活，是虚伪的生活；所做的事也都是虚伪的事。不惟从前如此，现在更是利害；不惟官僚政客如此，自命革新家的似乎也有些这个毛病。我前几天听见人说："前年某月刊因为要发挥自己的主张，对于反对的人，大大的教训一番，苦于没有人来反对他。他们就一边自己造了一篇信，假充是人家写给他们的，一边叫一个人在那里作答。因此他的主张得以大白。到现在大家把这事当做故典引用。谁知道竟是虚无乌有的事吓！"又有一个对我说："你看见一本月刊上的某隐名女士的通信么？这位女士实在是假造的吓！"这些话我还不敢信他是实。但我们新青年要注意！这样虚伪的作用不彻底废除，什么"社会改造"，什么"新生活"都是无根之谈了！

四　报纸的休息

报纸是记载世界人类的作为的。世界人类的行动，是没有一刻休息的。因之报纸也不应该有休息。但是中国的报纸，却有些特别。无论什么纪念日，它总有休息。奇怪！纪念日的人类，不做事么？世界上竟没有一件事发生么？不对！纪念日的事情却格外的多。他们为什么竟放弃了记载的责任？北京报纸尤其特别。每逢新年里都停刊了四五天。真是令人怪闷的！日本东京的报纸，因为印刷工人的罢工，停刊了三天，全国都觉得不安。巴黎的报纸，也因为罢工的事件，停版了一个星期，而他们编辑经理的人，却立刻自己下手印刷了一种新闻出版。咳！中国的报纸怎么样？我很希望有几家报纸，能够力矫此弊！

寒夜有感

记得从前有一个自命为典型的上海人的，说，喝了几盅青梅酒，吃了一大碗腊味饭，一大钵原盅乌骨鸡，还有什么什么之后，身上有些暖烘烘的，开了饭店的门出去，被街上的冷风一吹，脸上红红的酒意，为之爽然，觉得有不可一世之感。

这是一个可怜的中产阶级的人物在酒醉饭饱之后的自满的供状。要和最近七八年来那些新兴的汉奸阶级的穷奢极欲的景象比较起来，那个"典型的上海人"显得如何的寒伧可怜啊！

在那七八个年头里那一批典型的上海人，有的往上挤，居然给他们挤入新兴阶级里去，被康乐、红棉的上席所喂养，久已忘记了腊味饭和原盅乌骨鸡是什么味儿。有的往下落，落到在街头饭摊上或点心摊上喝油豆腐线粉汤，吃咖喱牛肉面或大饼油条之类的东西，他们也久已忘记了腊味饭，原盅乌骨鸡，乃至青梅酒的味儿。

站在中间的那些饭店，只好纷纷的随着那一批典型的上海人的升沉而被淘汰了去。

卖气力的人，在内地据说生活得很不坏。但在上海，那情形却不同。他们依然是苦，依然是吃大饼或枪饼，至于油条，却已成为奢华之品了。在那大饼或枪饼里，曾经大量的掺入过六谷粉之类的杂粮，所以颜色有些黄薑薑的。

一大批一大批穿着长衫或西装的人加入了卖气力的一群，吃着或啃着没有油条的大饼或枪饼。所谓薪水阶级，或中下级的公务员，没有意外之财到手的，或教授教员们，或吃银行饭的，实在已经落到了卖气力的一群里去，也许其景况比之卖气力的人还要坏。只有一二身还没有穿得破烂不堪的长衫或西装使他们显得是另外一种身份而已。

阶级似乎分别很显明：统治的人物是那么穷奢极欲的在活着；其余的一大群的最大多数的人物，自薪水阶级到卖气力的人全是受苦的人，两三个月不知肉味是稀松平常的事。

日

记

欧行日记（节选）

自 记

这部日记，其实只是半部之半。还有四分之三的原稿，因为几次的搬家，不知散失到什么地方去，再也不能找到。仅仅为了此故，对于这半部之半的"日记"，自不免格外有些珍惜。

写的时候是一九二七年；到现在整整的隔了七个年头，老是保存在箧中，不愿意，且也简直没有想到，拿去发表。为的是，多半为私生活的记载，原来只是写来寄给君箴一个人看的。不料，隔了七年之后，这陈年老古董的东西却依旧不能藏拙到底。

一半自然是为了穷，有不得不卖稿之势；其实，也因为这半部之半，实在飘泊得太久了，经过的劫难不在少数，都亏得君箴的细心保存，才能够"历劫"未毁。今日如果再不将它和世人相见，说不定再经一次浩劫巨变，便也将和那四分之三的原稿一样，同埋在灰堆火场之中。这些破稿子不足惜，却未免要辜负了保存者之心了。故趁着良友向我索稿的时候，毅然的下一决心，将它交给良友出版了。

这里面，有许多私生活的记载，有许多私话，却都来不及将它们删去了。

但因此，也许这部旅行日记，便不完全是记行程、记游历的干枯之作，其中也许还杂着些具有真挚的情感的话。

绝对不是着意的经营，从来没有装腔作态的描叙——因为本来只是写给一个人看的——也许这种不经意的写作，反倒觉得自然些。

1934 年 9 月 8 日作者自记于上海

五月二十一日

下午二时半，由上海动身。这次欧行，连我自己也没有想到会这么快。在七天之前，方才有这个动议，方才去预备行装。中间，因为英领事馆领取护照问题，又忙了几天；中间，因为领护照的麻烦，也曾决定中止这次的旅行。然而，却终于走了。我的性质，往往是迟疑的，不能决断的。前七年，北京乎，上海乎的问题，曾使我迟疑了一月二月。要不是菊农济之他们硬替我作主张，上海是几乎去不成了。这次也是如此，要不是岳父的督促硬替我买了船票，也是几乎去不成了。去不去本都不成问题，惟贪安逸而懒于进取，乃是一个大病。幸得亲长朋友的在后督促，乃能略略的有前进的决心。

这次欧行，颇有一点小希望。（一）希望把自己所要研究的文学，作一种专心的正则的研究。（二）希望能在国外清静的环境里做几部久欲动手写而迄因上海环境的纷扰而未写的小说。（三）希望能走遍各国大图书馆，遍阅其中之奇书及中国所罕见的书籍，如小说，戏曲之类。（四）希望多游历欧洲古迹名胜，修养自己的身心。近来，每天工作的时间，实在太少了，然而还觉得疲倦不堪。这是处同一环境中太久了之故。如今大转变了一次环境，也许对于自己身体及精神方面可以有进步。以上的几种希望，也许是太奢了。至少：（一）多读些英国名著，（二）因了各处图书馆的搜索阅读中国书，可以在中国文学的研究上有些发见。

一个星期以来，即自决定行期以来，每一想及将有远行，心里便如有一块大铅重重的压住，说不出如何的难过，所谓"离愁"，所谓"别绪"，大约就是如此吧！然而表面上却不敢露出这样的情绪来，因为箴和祖母母亲们已经暗地里在难过了，再以愁脸相对，岂不更勾引起她们的苦恼么？所以，昨夜在祖母处与大家闲谈告别，不得不显出十分高兴，告诉她们以种种所闻到的轻快的旅行中事，使她们可以宽心些。近来祖母的身体，较前已大有进步，精神也与半年前大不相同，筋骨痛的病也没有了，所以我很安心的敢与她告别了一二年。然而，在昨夜，看她的样子虽还高兴，却有一种说不出的殷忧，聚在眉尖心头。她的筋骨又有些痛了。我怎么会不觉得呢！

"泪眼相见，竟无语幽咽。"在别前的三四天，我们俩已经是如此了。一想起别离事，便十分难过。箴每每的凄声的对我说："铎，不要走吧。"我也必定回答说："不，我不想走。"当护照没有弄好时，我真的想"不去了吧"。且真的暗暗的希望着护照不能成功。直到了最后的行期之前的一天上午，我还如此的想着。虽然一面在整理东西，一面却在想："姑且整理整理，也许去不成功的。"当好些朋友在大西洋饭店公饯我时，我还开玩笑似的告诉他们说："也许不走呢！不走时要不要回请你们？"致觉说："一定要回请的。"想不到第三天便真的动身了。在这天的上午，我们俩同倚在榻

上，我充满了说不出的情感，只觉得要哭。箴的眼眶红红的。我们有几千几万语要互相诉说，我们是隔了几点钟就要离别了，然而我们却一句话也说不出。最后，我竟呜咽的哭了，箴也眼眶中装满了眼泪。还是上海银行的人来拿行李，方才把我的哭泣打断了。午饭真的吃不进。吃了午饭不久，便要上船。岳父和三姊十姊及箴相送。到码头时，文英，佩真已先在。后来，少椿及绮绣带了妹哥也来了。我们拍了一个照，箴已在暗暗的拭泪。几个人同上船来看我的房间。不久，便铃声丁丁的响着，只好与他们相别了。箴在码头上张着伞倚在岳父身旁，暗暗的哭泣不止。我高高的站在船舷之旁，无法下去劝慰她。两眼互相看着，而不能一握手，一谈话，此情此景，如何能堪！最后，圣陶，伯祥，予同，调孚赶到了，然而也不能握手言别了，只互相点点头，挥挥手而已。岳父和箴他们先走，怕她见船开动更难过。我看着她背影渐渐的远了，消失在过道中了！这一别，要一二年才得再见呢！唉！"黯然魂消者惟别而已矣！"渐渐的船开始移动了，鞭炮必必啪啪的爆响着，白巾和帽子在空中挥舞着。别了，亲友们！别了，

篇！别了，中国，我爱的中国！至少要一二年后才能再见了。"Adieu, A-
dieu"是春台的声音叫着。码头渐渐的离开船边，码头上的人渐渐的小了。
我倚在舷边，几乎哭了出来，热泪盈盈的盛在眼眶中，只差些滴了下来。
远了，更远了，而他们还在挥手送着。我的手挥舞得酸了，而码头上的人
也渐渐的散了，而码头也不见了！两岸除了绿草黄土。别无他物。几刻钟
后，船便出了黄浦江，两岸只见一线青痕了。真的离了中国了，离了中国
了！中国，我爱的中国，我们再见了，再见时，我将见你是一个光荣已完
全恢复的国家，是一个一切都安宁，自由，快乐的国家！我虽然离了你，
我的全心都萦在你那里，决不会一刻忘记的，我虽离开你，仍将为你而
努力！

　　两岸还是两线的青痕，看得倦了便走下舱中。几个同伴都在那里：一
个是陈学昭女士，一个是徐元度君，一个是袁中道君，一个是魏兆淇君。
我们是一个多月的旅伴呢，而今天才第一次的相聚，而大家却都能一见如
故——除了学昭以外，他们我都不大熟。

　　法文，我是一个字也不懂，他们不大会说。船上的侍者却是广东人，
言语有不通之苦。好在还与他们无多大交涉，不必多开口。我的同舱者有
一个英国人，仿佛是一个巡捕，他说，他是到新加坡去的。

　　说起 Athos 的三等舱来，真不能说坏。有一个很舒适的餐厅，有一片很
敞宽的甲板，我的三一九号舱内虽有四个铺位，却还不挤，有洗脸的东西，
舱旁又有浴室。一切设备都很完全。我真不觉得它比不上太古，招商二公
司船上的"洋舱"。我们都很满意，满意得出乎当初意料之外。餐厅于餐
后，可以独据一桌做文字，写信，也许比在编译所中还要舒服。船是平稳
而不大颠簸，一点也不难过。别离之感，因此可略略的减些！最苦的是独
自躺在床上，默默的静想着。这是我最怕的。好在现在不是在餐厅写信，
便是在甲板上散步，或躺在藤椅上聚谈。除了睡眠时，决不回房中去。

　　六时，摇铃吃晚餐。一盆黄豆汤，一盆肉，一盆菜包杂肉，还有水果，
咖啡，还有两瓶葡萄酒。菜并不坏。酒，只有我和元度及兆淇吃，只吃了
一瓶。

　　晚上，在船上买了一打多明信片，写了许多封信。

　　夜间，睡得很安舒，没有做什么梦——本来我是每夜必有梦的。

五月二十二日

早上，起床得很晏，他们都已吃过早茶了。匆匆的洗了脸，新皮包又打不开，什么东西都没有取出，颇焦急。早茶是牛奶，咖啡，和几片面包。

又写了几封信，并开始代箴校改《莱因河黄金》一稿。午饭在十点钟，吃的菜似乎比晚餐还好，一样果盆，一盆鸡蛋，一盆面和烧牛肉，再有水果咖啡。仍有两瓶酒，我们分一瓶给邻桌的军官们，他们说了一声"Merci"！下行李舱去看大箱子，取出了几本书来。开大箱的时间是上午八至十一时，下午四至六时。四时吃茶，只有牛奶或咖啡及面包。

没有太阳，也不下雨，天气阴阴的，寒暖恰当。我们很舒适的在甲板上散步。船已入大海。偶然有几只航船轮船及小岛相遇于途。此外，便是水连天，天接水了。与元度上头等舱去看。不看则已，一看未免要茫然自失。原来，我们自以为三等舱已经够好的了，不料与头等舱一比，却等于草舍之比皇宫。他们没有一件设备不完全，吃烟室，起坐室，餐室，儿童游戏室……等等，卧室的布置也和最讲究的家庭差不多。如此旅行，真是胜于在家，想起我们的航行内海内河的船来，真不禁万感交集。我们之不喜欢旅行，真是并不可怪。假定我们的旅途是如此的舒适，我想，谁更会以旅行为苦而非乐呢！

同船的还有凌鸿勋夫妇和他们的孩子。他们是我的从前的邻居，现在到香港去，不知有何事。他曾做过南洋大学的校长，最近才辞职。我们倚在船舷谈得很久。还有一位刘夫人，也带了一个女孩子，那个孩子真有趣，白白的脸，黑黑的一双大眼，谁见了都更喜爱。我们本不认识，不久却便熟了。平添了不少热闹于我们群中。

我们决定多写些文字，每到一处，必定要寄一卷稿子回去，预备为《文学周报》出几个 Athos 专号。我们的兴致真不算坏。这提议在昨夜傍晚，而今天下午，学昭女士已写好了一卷《法行杂简》。写得又快又好。我不禁自愧！我还一个字也没有动手写呢。写些什么好呢？

船上有小鸟飞过，几个水手去追它，它飞入海中，飞得很远很远，不见了，我们很担心它会溺死在海中。茶后，洗了一次澡，冷热水都有，设备得比中国上等的旅馆还好。

晚餐是一盆黄豆汤，一盆生菜牛肉，一盆炒豆夹，一盆布丁，其余的和昨天一样。生菜做得极好。箴是最喜欢吃生菜的，假定她也在这里，吃了如此调制的好生菜，将如何的高兴呢！

餐后，我们放开了帆布的躺椅，躺在上面闲谈着。什么话都谈。我们忘记了夜色已经渐渐的灰暗了，墨黑了。偶然抬头望着，天上阴沉沉的，一粒星光也不见，海水微微的起伏着，小浪沫飞溅着，照着船上舱洞中射出的火光，别有一种逸趣。远远的有一座灯塔，隔一会儿放一次光明。有一种神秘的伟大，压迫着我。

等到我们收拾好椅子下船时，已经将十时了。我再拿起《莱因河黄金》的译稿到餐厅里来做校改的工作。自己觉得不久，而侍者却来说，要熄灭电灯了，不得已只好放下工作去睡。

袁中道君是一位画家，我们很喜欢看他作画。他今天画好几幅速写像。晚上，我正在伏案写字，而他却已把我写入画中了。很像。画学昭的那一幅伏案作书图尤好。

在船上已经过了三十多个小时了，还一点也没有觉得旅行的苦。这是很可以告慰于诸亲友的。据船上的布告，自开船后到今天下午二时，恰恰一天一夜，共走了二百八十四英里，就是离开上海已二百八十四英里了！后天（二十四号）早上六时，才可到达香港。

五月二十四日

已经进香港港口了，我还未起身。据黑板上宣布，六点可到。在卧室窗口，见外面风景极。海水是好碧绿的，两岸小山林立，青翠欲滴。好几天不见陆地，见了这样的好风景的陆地，不觉加倍的喜欢！匆匆的穿衣……吃早餐。到香港去的客人已都把行装整理好了。可爱的刘小姐（名慕洁）及凌氏一家都已在甲板上。船停了。船的左右，小舟猬集，白布红字，写着大东饭店等字，很有风致。船在水中央，一面是九龙，广九车站的钟楼，很清楚的看见，一面是香港，青青的山上，层楼飞阁，重重垒垒，不得不令人感到工程之伟大。我和元度，兆淇颇思上去一游，因为听说，船到下午四时才开，而现在还不到八点呢。踌躇了许久，终于由梯子走下，上了一只汽船，也不问价。几分钟后，便到了香港。舟子并不要钱，颇温厚可亲。这使我们的第一印象很好。我们先去找皇后大街，上山又下山，问了许多人，方才找着，因为要到商务去。到了商务，却双扉紧闭着，原来今日是英国的 Empire Day，所以放假——听说，上海也很热闹呢！——但有好些公司，如先施等，却又不放假休息，不知商务何以如此。无意中，走到一处风景很好的地方。峰回路转，浓阴如盖，目光为之一亮。墙上写着 "To The Peak Tram"，我们便决定要到山巅去一游。到了电车站，上了车，每人费了三角港洋（港洋较鹰洋贵，每鹰洋只等于港洋九角）。电车动了，很峻峭的上了山，系用铁绳拉了上去的。山上风光极好，回看山下，亦处处有异景。再上，则海雾弥漫，不见一物。下了电车，再往上走。前景不见，后景倒极佳，三五小岛立于水中，群山四围，波平如镜，间有小轮舟在驶行着，极似西湖。坐电车下山时，系倒坐着，下面风物都看不见，所以还没有上山的有趣。又坐了山下的电车，预备去吃饭。不料坐错了一部。元度见方向不对，连忙下车，换了一部。香港电车（除了上山之车外）都是两层的，上层极好。在一家小酒馆中吃了饭，饭菜很不好。饭后，到先施公司买些东西，立刻都到海滨来，雇了一只小舢板回船，仅花了二角（我们并没有还价），实在不贵。上船后，我们忽然记起了一件事未做。在香港果市上，见荔枝一颗颗的放在盘中，皮色淡红，含肉极为丰满，如二八少女，正在风韵绝世之时，较之上海所见者，不啻佳胜十倍。我们一个个都渴想一尝。不料临上船时，却太匆匆了，都忘了这事。上船后与学昭谈起，才不胜惋惜，然已来不及再去买了。这乃是游港最歉怅之一事也！我想，假定有风雅知趣之港商，当此荔枝正红之时，用了一只小艇，张了小长帜，用红字标着"荔枝船"三字，往来于海中求售，一定是生意甚佳的。其如无此"雅商"何！

　　说是下午四时开船，但却迟到了六时方开。尽有时间上岸去买荔枝呢。——真的，我们是太喜欢那微红可爱的肥荔枝了！——只是太懒了，不高兴再上岸去。"风雅的食欲"究竟敌不过懒惰的积习！

　　香港，全是一个人工的创造物，真不坏呢！全市街道，比上海好，山上尤处处可见绝伟大的工程。惟间有太"人工"了的地方，也未免令人微微的失望。譬如瀑布和涧水，是如何的清隽动人的自然东西，他们却用了方方整整的石级，砌在水边，有的几条涧，却更用了极齐崭的石块，一路接续的铺下去。这真完全失了绝妙的山水之风趣了！可是有两点是他处绝比不上香港的：（一）我们常说的是"青山"，究竟"青"的山有几处；还不是非黄浊色的，便是浓绿色的，秀雅宜人的青色山，真是少见。香港的山却真的是可爱的青，如披了淡青色纱衣的好女子，立在水中央，其翩翩的风度，不禁令人叫绝。（二）我们常说的是"绿水"，究竟"绿"的水又有几处；还不是非淡灰色的，便是蔚蓝色的，绿绿的如垒了千百片的玻璃，如一大片绝茂盛的森林的绿的水，真是少见。香港的水，却真是可爱的绿，全个海是绿绿的，且又是莹洁无比，真如一个绝大的盈盈不波的溪潭，不像是海——真使我们见过墨色的北海，青灰色的东海，黄浊色的黄海的人赞叹不已！

下午洗了一次澡，只有热水，没有冷水，累得满身是汗。傍晚，风甚大，有丝丝的毛雨，夹在风中吹来。甲板上不能坐立，只得到了餐厅中。补写了昨天的日记，并写了今天的。

八哥由澳洲到了香港，乘 President Cleveland 回沪。闻系今日动身。渴欲一晤，不料见报，Cleveland 乃已于今早一时开走了。

夜，甚热，九时半即睡。作一梦，甚趣，记得在梦中曾大哭。

六月六日

听说昨夜风浪很大，但我不觉得。曾做了一梦，梦见在家中，与箴相聚谈话；醒来时，却仍是一个人躺在床上，很难过。窗洞外还黑漆漆的。不觉的又睡了一会。起来，已近八时。吃早茶时，我是最后的一个了。告牌上又宣布：今日下午二时半到科仑布，明日上午六时开船。望陆地如饥渴的我们，见到达期迟了半时，很不高兴。上午，寄出好几封信，Athos 专号（三）的稿，亦寄出。饭后，计算到科仑布还要五六小时呢！我真有点怕看见海；那浊蓝的海水，永远的起伏着，又罩之以半清半浊夜天空，船上望之，时上时下，实在是太令人厌倦了。"有意等待，来得愈慢"。怎么还不到呢？没有一个人不焦急着。突然前面天空有一堆浓云聚着，我猜想，快要下雨了。不及我们起来躲避，那雨点已猛恶的夹在狂风中吹落，正向着我们吹落！连忙用帆布椅子做临时帐篷去挡住它时，已淋得一身湿了。亏得一二分种后，船已驶过这堆雨云，太阳又光亮的照着甲板。湿淋淋的帆布椅和微潮的衣服，不久即干了。在这时，在北方，已有一缕陆地的痕子可见，也偶有轮舟及帆船在远处天边贴着。这是将近海岸的表示。等待着，还有两小时可到呢。果然到了三时半，科仑布的多树的岸方出现于我们的北面。船缓缓的驶着，等待领港者导引入港口。港口之前，有两道长坝，如双臂似的，伸入海中，坝上有灯塔几座。船都停在坝内，那里是浪花轻飞，水纹粼粼，很平稳的；坝外则海涛汹涌得可怕。宛如两个世界。大海的水，与石坝时起冲突，一大阵的浪花，高出于坝面几及丈，落下时，坝岸边便如瀑布似的挂下许多水。这是极壮观的景状；海宁所见的浪头，真远不及它。

　　船进港口，停在水中。我们到头等吸烟室将护照给英国警官盖印后，即可上岸。走到梯边，有一个屠户似的岸上警察印度人，在查护照，只有已盖过"允许上岸"的印子者，方许下梯。那些下船的人真多！可见大家都渴望着陆地。我们仍只三个人，徐、魏和我。MM公司预备了一只汽船送我们上岸。上岸时已经四点半。日影已渐渐淡黄了。换了钱；一百佛郎，可换十个半卢比。即上一个汽车，他们兜揽生意甚勤，兜揽的是一个老印度人，彼得。说好每点钟四个卢比，以两点钟为限。先到公园。沿途街道很窄，一切都是新鲜的。汽车夫到处指点。公园中树木都是印度的，与我们大不相同；到处是香气，似较西贡公园好得多了。继到博物院，他们已将关门了，草草由院役领看一周即出，并不大。空地上有许多动物，但也只限于小动物，并无大者。其中有蛇名 Copla 者，乃我第一次见到的，虽然闻名已久。闻廊下有明永乐间郑和所立碑，因时促未见。继到大佛寺，完全是新式建筑，一切都似新的。大佛偃卧于大殿中，四周都是"献桌"，大理石的，桌上放了许多花；那些不知名的花，香气扑鼻。有穷人曾以此花来兜卖，以无零钱，只好不买。地上极清洁，凡参观者都要脱了鞋子才可进去。墙上都是壁画；卧佛之左近，都是小佛，面貌都类欧人，与我们在国内所见者迥异。大殿甚小，远不及灵隐及其他寺观之伟大也。继坐汽车上山，随即下山，到码头时，恰恰二小时。给了他们十个卢比。他们并不争多论少，说了声谢谢。还向他们问明了到青年会的路，我们在会里吃了晚餐。他们吃的一种米饭，很奇异；一盘饭，六个小碗，盛着菜，不知何物。我们可惜没有要一盘来尝尝。最后，吃到一种水果，瓜类，绿皮黄心，甜而香，真可算是香瓜，还带些檬果味。饭后，在街上闲步，有许多店家来兜生意，很讨厌；还有几个流人，向我们招呼道，"Lady，Lady"。我们只好一切不理会。在一家药房里，见到报纸，知奉军在河南大败的消息，为之一慰。九时，回到码头仍坐 MM 公司预备的汽船回来。在汽船上遇到一位中国女子，她是坐 Sphinx 回国的；这只汽船也送客上 spbjnx，略谈了一会。汽船九时半才开。我们到船时，大家都已睡了。科仑布附近有甘底者，系佛之故乡，惜不及去一游。

回过头去 "附录"

——献给上海的诸友

　　回过头去，你将望见那些向来不曾留恋过的境地，那些以前曾匆匆的吞嚼过的美味，那些使你低徊不已的情怀，以及一切一切；回过头去，你便如立在名山之最高峰，将一段一段所经历的胜迹及来路都一一重新加以检点，温记；你将永忘不了那蜿蜒于山谷间的小径，衬托着夕阳而愈幽倩，你将永忘不了那满盈盈的绿水，望下去宛如一盆盛着绿藻金鱼的晶缸，你将忘不了那金黄色的寺观之屋顶，塔尖，它们耸峙于柔黄的日光中，隐若使你忆记那屋盖下面的伟大的种种名迹。尤其在异乡的客子，当着凄凄寒雨，敲窗若泣之际，或途中的游士，孤身寄迹于舟车，离愁填满胸怀而无可告诉之际，最会回过头去。

　　如今是轮到我回过头去的份儿了。

　　孤舟——舟是不小，比之于大洋，却是一叶之于大江而已——奔驰于印度洋上，有的是墨蓝的海水，海水，海水，还有那半重浊，半晴明的天空；船头上下的簸动着，便如那天空在动荡；水与天接处的圆也有韵律的一上一下移动。第一天，第二天，第三天，一直是如此。没有片帆，没有一缕的轮烟，没有半节的地影，便连前几天在中国海常见的孤峙水中的小岛也没有。呵，我们是在大海洋中，是在大海洋的中央了。我开始对于海有些厌倦了，那海是如此单调的东西。我坐在甲板上，船栏外便是那墨蓝色的海水，海水，海水。勉强的闭了两眼，一张眼便又看见那墨蓝色的海水，海水，海水。我不愿看见，但它永远是送上眼来。到舱中躺下，舱洞外，又是那奔腾而过的墨蓝色的海水，海水，海水。闭了眼，没用！在上海，春夏之交，天天渴望着有一场舒适的午睡。工作日不敢睡；可爱的星期日要预备设法享用了它，不忍睡。于是，终于不曾有过一次舒适的午睡。现在，在海上，在舟中，厌倦，无聊，无工作，要午睡多么久都不成问题，然而奇怪！闭了眼，没用！脸向内，向外，朝天花板，埋在枕下，都没用！我不能入睡。舱洞外的日光，映着海波而反照入天花板上，一摇一闪，宛如浓荫下树枝被风吹动时的日光。永久是那样的有韵律的一摇一闪。船是那样的簸动，床垫是如有人向上顶又往下拉似的起伏着；还是甲板上是最舒适的所在。不得已又上了甲板。甲板上有我的躺椅。我上去了见一个军官已占着它，说了声 Pardon，他便立起来走开；让我坐下了。前面船栏外是那墨蓝色的海水，海水，海水，左右尽是些异邦之音，在高谈，在絮语，在调情，在取笑，面前，时时并肩走过几对的军官，又是有韵律似的一来一往的走过面前，好似肚内装了法条的小儿玩具，一点也不变动，一点也不肯改换它们的路径，方向，步法。这些机械的无聊的散步者，又使我生了如厌倦那深蓝色的海水，海水，海水似的厌倦。

一切是那样的无生趣，无变化。

往昔，我常以日子过得太快而暗自心惊，一个星期，一个星期，如白鼠在笼中踏转轮似的那么快的飞过去。如今那下午，那黄昏，是如何的难消磨呀！铛铛铛，打了报时钟之后，等待第二次的报时钟的铛铛铛，是如何的悠久呀！如今是一时一刻的挨日子过，如今是强迫着过那有韵律的无变化的生活，强迫着见那一切无生趣无变动的人与物。

在这样的无聊赖中，能不回过头去望着过去么？

呵，呵，那么生动，那末有趣的过去。

长脸人的愈之面色焦黄，手指与唇边都因终日香烟不离而形成了洗涤不去的垢黄色，这曾使法租界的侦探误认他为烟犯而险遭拘捕，又加之以两撇疏朗朗的往下堕的胡子，益成了他的使人难忘的特征。我是最要和他打趣的。他那样的无抵抗的态度呀！

伯祥，圆脸而老成的军师，永远是我们的顾问；他那谈话与手势曾迷惑了我们的全体与无数的学生；只有我是常向他取笑的，往往的"伯翁这样"、"伯翁那样"的说着，笑着；他总是淡然的说道："伯翁就是那样好了。"只有圣陶和颉刚是常和他争论的，往往争论得面红耳热。

予同，我们同伴中的翩翩少年；春二三月，穿了那件湖色的纺绸衫，头发新理过，又香又光亮，和风吹着他那件绸长衫，风度是多么清俊呀！假如站在水涯。临流自照，能不顾影自怜！可惜闸北没有一条清莹的河流。

圣陶，别一个美秀的男性；那长到耳边的胡子如不剃去，却活是一个林长民——当然较他漂亮——剃了，却回复了他的少年，湖色的夹绸衫：漂亮——青缎马褂，必恭必敬的举止，唯唯呐呐若无成见的谦抑态度，每个人见了都要疑心他是一个"老学究"。谁也料不到他是意志极坚强的人。这使他老年了不少，这使他受了许多人的敬重。

东华，那瘦削的青年，是我们当中的最豪迈者。今天他穿着最漂亮的一身冬衣，明天却换了又旧又破的夹衣，冻得索索抖；无疑的，他的冬衣是进了质库。他常失踪了一二天，然后又埋了头坐在书桌上写译东西，连午饭也可以不吃，晚间可以写到明天三四点钟。他可以拿那样辛苦得来的金钱，一掷千金无悔。我们都没有他那样的勇气与无思虑。

调孚，他的矮身材，一见了便使人不会忘记。他向不放纵，酒也不喝，一放工便回家；他总是有条有理的工作着，也不诉苦也不夸扬。但有时，他也似乎很懒，有人拿东西请他填写，那是很重要的，他却一搁数月，直到了事变了三四次，他却始终未填！我猜想，他在家庭里是一个太好的父亲了。

石岑，我想到他的头上脸上的白斑点，不知现在已否退去或还在扩大它的领土。他第一次见人，永远是恳恳切切的，使人沉醉在他的无比的好意中。有时却也曾显出他的崭绝严厉的态度，我曾见他好几次吩咐门房说，有某人找他，只说他不在。他的谈话，是伯翁的对手。他曾将他的恋爱故事，由上海直说到镇江，由夜间十一时直说到第二天天色微明；这是一个不能忘记的一夜，圣陶，伯翁他们都感到深切的趣味。还有，他的耳朵会动，如猫狗兔似的，他曾因此引动了好几百个学生听讲的趣味。

还有，镇静而多计谋的雁冰，易羞善怒若小女子的仲云，他们可惜都在中国的中央，我们有半年以上不见了。

还有，声带尖锐的雪村老板，老于事故的乃乾，渴想放荡的锦晖，宣传人道主义的圣人傅彦长，还有许多许多——时刻在念的不能一一写出来的朋友们。

这些朋友一个个都若在我面前现出。

有人写信来问我说："你们的生活是闭户著书，目不窥园呢，还是天天卡尔登，夜夜安乐宫呢？"很抱歉的，我那时没有回答他。

说到我们的生活，真是稳定而无奇趣，我们几乎是不住在上海似的，固然不能说我们目不窥园——因为涵芬楼前就有一个小园子，我们曾常常去散散步——然而天天卡尔登的福气，我们可真还不曾享着。在我们的群中，还算是我，是一个常常跑到街上的人，一个星期中，总有两三个黄昏是在外面消磨过的，但却不是在什么卡尔登，安乐宫。有什么好影片子，便和君箴同到附近影戏院中去看；偶然也一个人去；远处的电影院便很少能使我们光顾了——

"今天 Apollo 的片子不坏，圣陶，你去么？"

"不；今天不去。"

"又要等到礼拜天才去么？"

他点点头。他们都是如此，几乎非礼拜天是不出闸北的。

除了喝酒，别的似乎不能打动圣陶和伯祥破例到"上海"去一次。

"今天喝酒去么？"

他们迟疑着。

"伯翁，去吧，去吧。"我半恳求的说。

"好的，先回家去告诉一声。"伯祥微笑的说，"大约你夫人又出去打牌了，所以你又来拉我们了。"我没有话好说，只是笑着。

"那么，走好了，愈之去不去？去问一声看。"圣陶说。

愈之虽不喝酒，——他真是滴酒不入口的；他自己说，有一次在吃某亲眷的喜酒时，因为被人强灌了两杯酒，竟至昏倒地上，不省人事了半天。

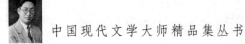

我们怕他昏倒，所以不敢勉强他喝酒——然而我们却很高兴邀他去，他也很高兴同去。有时，予同也加入。于是我们便成了很热闹的一群了。

那酒店——不是言茂源便是高长兴——总是在四马路的中段，那一段路也便是旧书铺的集中地。未入酒店之前，我总要在这些书铺里张张望望好一会；这是圣陶所最不高兴而伯祥，愈之所淡然的；我不愿意以一人而牵累了大家的行动，只得怅然的匆匆的出了铺门，有时竟至于望门不入。

我们要了几壶"本色"或"京庄"，大约是"本色"为多。每人面前一壶。这酒店是以卖酒为主的，下酒的菜并不多。我们一边吃，一边要菜。即平常不肯入口的蚕豆，毛豆在这时也觉得很有味。那琥珀色的"京庄"，那象牙色的"本色"，倾注在白磁里的茶杯中，如一道金水；那微涩而适口的味儿，每使人沉醉而不自觉。圣陶伯祥是保守着他们日常饮酒的习惯，一小口一小口，从容的喝着。但偶然也肯被迫的一口喝下了一大杯。我起初总喜欢豪饮，后来见了他们的一小口一小口的可以喝多量而不醉，便也渐渐的跟从了他们。每人大约不过是二三壶，便陶然有些酒意了。我们的闲谈源源不绝；那真是闲谈，一点也没有目的，一点也无顾忌。尽有说了好几次的话了，还不以为陈旧而无妨再说一次。我却总以愈之为目的而打趣他；他无法可以抵抗；"随他去说好了，就是这样也不要紧。"他往往的这样说。呵，我真思念他。假定他也同行，我们的这次旅游，便没有这样枯寂了！我说话往往得罪人，在生人堆里总强制着不敢多开口，只有在我们的群里是无话不谈，是尽心尽意而倾谈着，说错了不要紧，谁也不会见怪的，谁也不会肆以讥弹的。呵，如今我与他们是远隔着千里万里了，孤孤踽踽，时刻要留意自己的语言，何时再能有那样无顾忌的畅谈呀！

我们尽了二三壶酒，时间是八九点钟了，我们不敢久停留，于是大家便都有归意。又经过了书铺，我又想去看看，然而碍着他们，总是不进门的时候居多。不知怎样的，我竟是如此的"积习难忘"呀。

有几次独自出门，酒是没有兴致独自喝着，却肆意的在那几家旧书铺里东翻翻西挑挑。我买书不大讲价，有时买得很贵，然因此倒颇有些好书留给我。有时走遍了那几家而一无所得，懊丧没趣而归；有时却于无意得到那寻找已久的东西，那时便如拾到一件至宝，心中充满了喜悦。往往的，独自的到了一家菜馆，以杯酒自劳，一边吃着，一边翻翻看看那得到的书籍。如果有什么忧愁，如果那一天是曾碰着了不如意的事，当在这时，却是忘得一干二净，心中有的只是"满足"。

呵，有书癖者，一切有某某癖者，是有福了！

我尝自恨没有过过上海生活；有一次，亡友梦良六儿经过上海，我们在吉升栈谈了一夜。天将明时六儿要了三碗白糖粥来吃。那甜美的粥呀，滑过舌头，滑下喉口，是多么爽美，至今使我还忘不了它。去年的阴历新年，我因过年时曾无意中多剩下些钱，便约了好些朋友畅谈了一二天，一二夜。曾有一夜，喝了酒后，偕了予同，锦晖，彦长他们到卡尔登舞场去一次，看那些翩翩的一对对舞侣，看那天花板上一明一亮的天空星月的象征，也颇为之移情。那一夜直至明早二时方归家。再有一夜，约了十几个人，在一品香借了一间房子聚谈；无目的的谈着，谈着，谈着，一直到了第二天早晨。再有一次是在惠中。心南先生第二天对我说：

"我昨夜到惠中去找朋友，见客牌上有你的名字，究竟是不是你？"

"是的，是我们几个朋友在那里闲谈。"

他觉得有些诧异。

地山回国时，我们又在一品香谈了一夜。彦长，予同，六逸，还有好些人，我们谈得真高兴，那高朗的语声也许曾惊扰了邻人的梦，那是我们很抱歉的！我们曾听见他们的低语，他们的着了拖鞋而起来灭电灯。当然，他们是听得见我们的谈话。

除了偶然的几次短旅行，我和君箴从没有分离过一夜。这几夜呀，为了不能自制的谈兴却冷落了她！

六逸，一个胖子，不大说话的，乃是我最早的邻居之一；看他肌肉那末盛满，却是常常的伤风。自从他结婚以后，却不大和我们在一处了。找他出来谈一次，是好不容易呀。

我们的"上海"生活不过是如此的平淡无奇，我的回忆不过是如此的平淡无奇。然而回过头去，我不禁怅然了！一个个的可恋念的旧友，一次次的忘不了的称心称意的谈话，即今细念着，细味着，也还可以暂忘了那抬头即见的墨蓝色的海水，海水，海水呢。

六月十四日

很早的约在六点钟，便到了亚丁。船停在离岸很近的海中，并不靠岸。地面上很清静，并没有几只船停泊着。亚丁给我们的第一个印象便是赤裸的奇形的黄色山。一点树木也不见，那山形真是奇异可诧，如刀如剑，如门户，如大屏风的列在这阿剌伯的海滨，使我们立刻起了一种不习见的诡谲之感。山前是好些土耳其式的房子，那式样也是不习见的。我们以前所见的所经过的地方，不是中国式的，便是半西式的，都不"触眼"，仅科仑布带些印度风味，为我们所少见。如今却触目都是新奇的东西了，我们是到了"神秘的近东"了。亚丁给我们的第二个印象便是海鸥，那灰翼白腹的海鸥；说是在海上旅行了将一月，海鸥还没有一只。如今第一次见到了它们，是如何的高兴呀！那海鸥，灰翼而略镶以白边，白白的肚皮，如钩而可爱的灰色嘴，玲珑而俊健的在海面上飞着。那海鸥，它们并不畏人，尽在船的左右前后飞着，有的很大，如我们那里的大鹰，有的很小，使我们见了会可怜它的纤弱。有时，飞得那末近，几乎我们的手伸出船栏外便可以触到它们。海水是那样的绿，简直是我们的春湖，微风吹着，那水纹真是细呀细呀，细得如绿裙上织的穀纹，细得如小池塘中的小鸭子跳下水时所漾起的圆波。几只，十几只的海鸥停在这柔绿的水面上了。我把葡萄牙水兵的望远镜借来一看，圆圆的一道柔水，上面停着三五只水鸟，那是我们那里所常见的，在春日，在阔宽的河道上，在方方的池塘上，便常停有这末样的几只鸭子。啊，春日的江南；啊，我们的故乡；只可惜没有几株垂杨悬在水面上呀！然而已足够勾动我们的乡思，乡思了！我持了望远镜，望了又望；故乡的景色呀，哪忍一望便抛下！

吃了饭后，我们便要到岸上去游历；去的还是我，魏和徐三人。踏到梯边时，上梯来的是一批清早便上岸的同船者。我们即坐了他们来的汽船去。每人船费五佛郎，而我们的 Athos 离岸不到二三十丈，船费可谓贵矣！一上陆岸，那太阳光立刻逞尽了它的威风；我们在黄色的马路上走着，直如走到烧着一万吨煤的机关间。脸上头上背上手上立刻都是湿汗。我们要找咖啡店，急切又没有。走了好多路，我们才走进了一家又卖饭，又卖冷食，又卖杂货的小店，吃了三杯柠檬水，真是甜露不啻！走过海边公园，那绿色树木，细瘦憔悴得可怜，枝头与叶尖都垂头丧气的挂下，疏朗朗的树木毫无生气，还不如没有的好。走到一处山岩下，那岩石是如烧残的煤屑凝集而成，又似松碎，又不美伟。要通过一道山洞才是亚丁内地，然我们没有去。我们走回头，买了些照相软片，又吃了三杯柠檬水。看报，知道蒋军已离天津三百五十英里，各国都忙着调兵去。刚刚下楼，半带凉意，半带高兴，而一个黑小孩叫道："船开了！"我们不相信。Athos 明显的停在海面上。几个卖杂货戴红毡帽的阿剌伯人匆匆归去，又叫道："船快开了！"我们方才着忙，匆促无比的走着，心里只怕真的船要开走了。好在这紧张的心，到了码头上便宁定了。依旧花了十五个佛郎，雇了一只小汽船上了 Athos。果然，上船不到二十分，汽笛便呜呜的响了。"啊，好险呀！"我们同声的叫着。假如我们还相信前天的布告，说船下午四点开，而放胆的坐了汽车到内地去游历时，我们便将留在亚丁，留在这苦热而生疏的亚丁了！啊，我们好幸呀！船缓缓的走着，一群海鸥，时而在前，时而在后，追逐着船而飞翔。它们是那样的迅俊伶俐：刚与船并飞，双翼凝定在空中而可与船的速率相等，一瞬眼间而它们又斜斜的转了一个弯，群飞到船尾去了。不久，它们又一只一只的飞过我们而到了船头了。啊，多情的海鸥呀，你们将追送我们这些远客到哪里呢？夜渐渐的黑了，月亮大金盘似的升起于东方，西方是小而精悍的"晚天晓"（星名）。"今夜是十五夜呀。"学昭女士说。啊，这十五夜的圆月！

"抬头见明月，低头思故乡。"

依然是全身浴在月光中，依然是嗡嗡的语声笑声，而又夹以唱声，而离人的情怀是如何的凄楚呀！

"但愿人长久，千里共婵娟。"如今是万里，万里之外啊！虽然甲板上满是人，我只是一个人似的独自躺在椅上，独自沉思着。啊，更有谁如我似的情怀恶劣呀！文雅长身的军官说："我到巴黎车站时，我的妻将来接我。"肥胖的葡萄牙太太说："再隔十五天到李士奔了，Jim 可见他的爹爹了。"学昭女士屈指想道："不知春台是四号走还是十八号走？"翩翩年少的徐先生说："巴黎有那么多的美女郎；法国军官教了我一个法子，只要呼啸了一声，便可以夹她在臂下同走了。"啊，他们是在归途中！他们是在幸福的甜梦中！我呢?！我呢?！月是分外的圆，满海面都是银白色的光；我又微微的欲入睡了；不如下舱去吧！舱下，夜是黑漆漆的；若有若无的银光又在窗外荡漾着。唉！夜是十五夜，月是一般圆，我准备着一夜的甜梦，而谁知：

"和梦也新来不做。"

六月二十五日

今天船到马赛了。天色还黑着，我已起来整理东西了。酒意还未全消，鼻子也还窒塞着。怕风，然而今天却不能不吹风。近马赛时，浪头颇大；高山耸立，蓝水汹涌，竟不知是已经到马赛。靠岸后，大家都茫然的，有不知所措之感。啊，初旅欧洲，初旅异国，那心脏还会不鼓跃得很急么？那时心境，真似初到上海与北京时的心境，徬徨而且踌躇。然而只好挺直了胸去迎接这些全新的环境与不可知的前面。我们到头等舱取护照，那瘦弱的检察官坐在那里，一个个的唱名去取。对于中国人，比别国人也并不多问，惟取出了一个长形的印章加盖于"允许上岸"印章之后；那长形的印章说："宣言到法国后，不靠做工的薪水为生活。"啊，这是别国人所没有的！要是我的气愤更高涨了，便要对他说："不能盖这个印章！如果非盖不可，我便宁可不上岸！"然而我却终于忍受下去了！这是谁之罪呢？我很难过，很难过！

回到甲板上，许多接客的人都向船上挥手，而我们船上的人也向他们挥手。他们是回到祖国了！是被拥抱于亲人的欢情中了！我们睁开了眼要找一个来接我们的人，然而一个也不见。有几个中国人的样子的，在码头上立着，我们见了很喜欢，然而他们却向别的人打着招呼。袁先生和陈女士只在找曾觉之先生。她说，他大约会来接的。然而结果，他们也失望了。只好回到舱中来再说。看见一个个同舟者都提了行李，或叫了脚夫来搬箱子，忙忙碌碌的在梯子间上上下下，而我们倚在梯口，怅然的望着他们走。不意中，一个中国人由梯子上走下来，对我说道："你是中国人么？有一位陈女士在哪里？"我立刻把陈女士介绍给他，同时问道："你是曾先生么？"不用说，当然是他，于是几个人的心头都如落了一块石，现在是有一个来

接的人了。于是曾先生去找脚夫，去找包运行李的人。于是我们的行李，便都交给了他们，一件件运上岸。经过海关时，关员并不开看，仅用黄粉笔写了一个"P"字。这一切都由包运行李的人车去，我们与他约定下午六时在车站见面。于是我们空手走路，觉得轻松得多。雇了一部汽车到大街上去。马赛的街道很热闹。在一家咖啡馆里坐了一会，买了一份伦敦《太晤士报》看，很惊奇的知道：国民军是将近济南了。一个月来，想不到时局变化得这末快。而一个月来与中国隔绝的我们，现在又可略略的得到些国内消息了。托曾君去打了一个电报给高元，邀他明早到车站来接。十一时半，到车站旁边一家饭馆午餐，菜颇好，价仅十佛郎。餐后，同坐电车到植物园。一进门，便见悬岩当前，流瀑由岩上挂下，水声潺潺，如万顷松涛之作响，岩边都是苍绿的藤叶，岩下栖着几只水鸟。由岩旁石级上去，是一片平原，高林成排立着，间以绿草的地毯及锦绣似的花坛。几株夹竹桃，独自在墙角站着，枝上满缀了桃红色的花。这不禁使我想起故乡。想起涵芬楼前的夹竹桃林，想起宝兴西里我家天井里几株永不开花的夹竹桃。要不是魏邀我在园中走走，真要沉沉的做着故乡的梦了。啊，法国与中国是如此的相似呀！似乎船所经过的，沿途所见的都是异国之物，如今却是回到祖国了。有桃子，那半青半红的水蜜桃子是多么可爱；有杏子，那黄中透红的甜甜的杏子，又多么可爱，这些都是故乡之物，我所爱之物呀！还有，还有……无意中，由植物园转到前面，却走到了朗香博物院（Musee De Long Champ），这是在法国第一次参观的博物院。其中所陈列的图画和雕刻，都很使我醉心；有几件是久已闻名与见到它的影片的。我不想自己乃在这里见到它们的原物，乃与画家雕刻家的作品它自己，面对面的站着，细细的赏鉴它们。我虽不是一位画家，雕刻家，然而也很愉悦着，欣慰着。只可惜东西太多了，纷纷的陈列到眼中来，如初入宝山，不知要取那一件东西好。五时半出园，园中的白孔雀正在开屏。六时，到车站，在车站的食堂中吃了晚餐，很贵，每人要二十佛郎。包运行李的人开了帐来，也很贵，十二件行李，运费等等，要二百多佛郎，初到客地，总未免要吃些亏。然而我们也并不嫌它贵，亏了它，才省了我们许多麻烦。这许多行李，叫我们自己运去，不知将如何措手！七时四十八分开车，曾先生因这趟车不能乘到里昂，未同去。车上坐位还好，因为费了五十佛郎叫一个脚夫先搬轻小的行李，要随身带着的，到车上去，且叫他在看守着。不然，我们可真要没有坐位了。比我们先来的几个军官，他们都没有坐位呢。我们坐的是三等车，但还适意，一间房子共坐八个人，刚刚好坐，不多也不少，再挤进一个，便要太拥挤了。由马赛到巴黎，要走十二点钟左右，明早九时四十五分可到。车票价一百七十余佛郎，然行李费过重太贵了，我们每人几乎都出到近一百佛郎的过重费。

六月二十八日

今日想开始看看巴黎。早晨，洗了一个澡后，和冈一同出去吃早餐。厨台前排了一长列的人，有年轻的学生，有白发的老人，有戴礼帽的绅士，都站在那里吃着咖啡面包。我们也挤进了这个长列中。要了一杯咖啡，从盘中取了一条已涂好牛油的面包吃着。一个穿白衫的胖厨子，执了一把尖刀，站在柜台之内，用刀剖开一长条的面包，对剖为两半，在大块的黄黄的牛油上，切下一片来，涂在面包上，随即放在盘中。那手法是又快又伶俐。他还管着收帐。吃的人自己报了吃的什么，付了钱即走，而他的空缺，立刻有一个候补者挤了上来。餐后，独自带了一本地图，到 Lollin 街找季志仁君要问他陈女士的地址。他却不在家。在一家文具店里买了十佛郎的信纸信封回来。正遇陈女士偕了戈公振君来访我。元亦来。戈君请我到万花楼吃饭，饭后，穿过卢森堡公园（Jardinde Luxem bourg）而到中法友谊会。这公园，树木很多，一排一排的列着，一走进去，便有一股清气，和树林的香味，扑面而来，好像是走进了深山中的丛林之内，想不到这是在巴黎。一个老人坐在椅上，闲适的在抛面包屑给鸽子吃；两三只鸽子也闲适的在啄食他的礼物。孩子们放小帆船在园子中心的小池上驶着。野鸟和小雀子也时时飞停路旁，一点也不畏人。中法友谊会里中国报纸很多，但都是一个月之前的，因为寄来很慢，真是看"旧闻"。管事的人，也太糊涂，本年三月初的《新申报》也还在桌上占了一个地位！托元到火车站去取我们挂行李票的几只大箱子，等我由友谊会回来时，他也已带了大箱子来。搬运费共六十佛郎。休息一会后，又偕他同到国立图书馆，走到那里，才知使馆的介绍信忘记了带来。只好折回，到闻名世界的"大马路"（Grand Boulevard）散步。车如流水，行人如蚁，也不过普通大都市的繁华景象而已。所不同者，沿街"边道"上，咖啡馆摆了好几排的椅子，各种各样的人都坐在那里"看街"，喝咖啡。我们也到"和平咖啡馆"（Cafe de la Paix）前坐着。这间咖啡馆也是名闻世界的。坐在一张小小的桌子旁边，四周都是桌子，都是人，川流不息的人，也由前面走过。我猜不出坐在这里有什么趣味。我们坐了不久，便立了起来，向凯旋门（Arc de Tri－omphe）走去。远远的看见那伟大的凯旋门站在那里，高出于绿林之外，这是我们久已想瞻仰瞻仰的名胜之一，我很高兴今天能够在它下面徘徊着。沿途绿草红花，间杂于林木之中，可说是巴黎最大最美的街道，"大马路"那里比得上。在远处看，还不晓得凯旋门究竟是如何的雄伟，一到了门下，才知道这以战胜者百万人，战败者千万人的红血和白骨所构成的纪念物，果然够得上说它是"伟大"。我在那里，感到一种压迫，感到自己的渺小。无数的小车，无数的人，在这门前来来往往，都是如细蚁似的，如甲虫似的渺小。门下，有一个无名战士墓，这是一个欧战的无名牺牲者，葬在此地的。鲜花摆在墓前，长放它们的清香，墓洞中的火光，长燃着熊熊的红焰。我心里有一种说不出的感动。本来可以走上门的上面去看看，因为今天太晚了，已过"上去"的时间，故不能去。由门边叫了一部"搭克赛"到白龙森林（Bois de Boulogne）去打了一个小圈子。森林（Bois）不止一个，都是巴黎近郊的好地方，里面是真大真深，一个人走进去，准保会迷路而不得出。不晓得要费多少年的培植保护才能到了这个地步呢。绿树，绿树，一望无尽的绿树，上面绿荫柔和的覆盖于路上，太阳光一缕缕的由密叶中通过，一点一点的射在地面，如千万个黄色的小金钱撒遍在那里。清新的空气中，杂着由无数的松、杨以及不知名的树木的放出的香味，使人一闻到便感到一种愉快。那么伟大的大森林，在我们中国便在深山中也不容易常常遇到。这林中有人工造成的一条小河，一对对的男女在小舟上密谈着。红顶的大白鹅，闲适的静立于水边。这使"森林"中增加了不少生气。归时，已傍晚。十一时睡。

七月十日

上午阴，下午晴。十一时，与元同到卢森堡博物院（Museede Luxembourg），这是巴黎最有名的博物院之一，所陈列者皆现代艺术家的作品；而以图画为主，雕刻亦有不少。进了这个地方，仿佛入素来熟悉的所在。中有许多图画都是我久已见得它们的复制片的，有的曾登于《小说月报》上，有的曾悬挂于我家的壁上。所以觉得非常的亲切。虽然地方不大，仅有十二间房子陈列图画，然殊使我流连不忍即去。时已正午，不得不出去吃饭，只好待以后再仔细的看了。好在这个博物院就在同名的公园之旁，离旅馆极近，随便什么时候都可以去看。院内，除十二间房子陈列图画者外，还有一间是预备临时陈列一个著名作家的画品而设的；这次陈列者为 Paul Guigon，共有他的画六十余幅。卢森堡博物院所藏他的画不多，其余都是向私家收藏者，及大博物院，如洛夫（Lou‑vre）等处借来陈列的。在门口买"指南"及画片，用去二十六佛郎。彭师勤来，谈了一会即去，因为我们预备饭后到芳登波罗（Fontainebleau）去。芳登波罗离巴黎颇远，我们由里昂车站坐火车去，将二小时，方才到了那里。又坐了一段电车，才到芳登波罗宫。这个宫殿很古老，在历史上是很有名的；我们所最最注意的是拿破仑第一的遗迹，虽然他的历史，在这个宫中是比较得近代。当拿破仑未住在此宫之前，宫殿已渐形倾颓；他费了不少金钱把它重新装饰好，费了不少金钱，置备了许多器具。到了现在，差不多还是照他那时的原样子，没有多少更动。一千八百十四年，拿破仑在此亲笔写了他的退位诏，这时是四月十一日。在这一夜及十二日的清晨，他苦闷，失望，决意服毒自尽，后来见他自己还活着，便叫道："原来上帝不许我死。"便将一切事都委之于运命。二十日正午的时候，他要离开这里了，车子已预备好了，卫队已肩了枪，兵士们排列成了一个方形。拿破仑由马蹄梯（The Staircase of the Fera Cheval）上走了下来，到了他的军队中间，说了最后的不能忘记的话："我的老卫队的兵士们，我要说再会了。二十年来，我见你们总在光荣名誉的路上。在这些后期之时，你们也还与我们在光荣之日一样的为勇敢与尽职的模范。同了如你们那样的人，我们的一面还是没有丧失的……再会，我的孩子们。我要把你们都抱在我的胸前。让我至少拥抱着你们的旗帜。"一位大将立刻取了旗向他走去，他伸开双臂迎接这位大将，与这有名的旗接吻；他异常的感动；他以坚定的语声再说道：

　　"——再见，我的老同伴，让这个最后的吻经过你们的心上。"于是他进了他的车，五百个卫队拥护着，沿着里昂路（The Lyons Rpad）而去。自此之后，这个白马宫（Court ofthe Cheval Blanc）便改名为别离宫（Cour des Adieux）。

我们进了大门，对面便是这个别离宫，便是入宫之道的马蹄梯。我们由梯子中间的一个小门走进，先到了圣特里尼礼拜堂（Chapelle de La Saint Trinitè），这个礼拜堂的画是亨利四世时代名画家 Martin Freminet 的手笔。除了《圣经》上的故事写人物外，还有四幅名作：（一）"火"，用一个执灯的妇人像为代表；（二）"空气"，用一个为虹所围绕，头顶一个米象的妇人为代表；（三）"水"，以一个妇人坐在一只海豚上，手执一只船为代表；（四）"土地"，以一个妇人执着花与果为代表。由这个礼拜堂转到楼上，便是拿破仑一世的房间了。墙上，用具上，椅披上，都刻着绣着一个"N"。第一间是前厅。有好几幅画，其中有拿破仑一世像（Bonchet 作），有他的骑在马上的铜像（Vital Dubray 作）。在一张桌上，玻璃罩子底下，是那一顶有名的拿破仑帽，他从伊尔卜（Elbe）岛回来时所戴的，还有他的几根头

发。墙边是一架奇钟，能表示钟点，日子，礼拜，某月的某日，季节，闰年，等等。第二间是秘书室，在一张桌上，玻璃罩子底下，有拿破仑棺木的遗片，这是从圣希里那（Sainte‐Helene）带来的。第三间是浴室，装饰得很美丽，大都是花鸟孩子。第四间是退位室（Cabinet of the Abdieation），有拿破仑的半身云石像。一八一四年他写他的退位诏时，即在此室的一张小圆桌上。第五间是书室；后来改为他的小卧室，在有病时用的。第六间为卧室，床架上刻着人物，代表高贵、光荣、正直、与丰富。屋角放着一张小摇篮，乃是罗马王睡的。拿破仑图自杀，即在此室中。第七间是会议室，这一室的布置是最华丽的，是法国艺术最优美的出产品。从一七五三年起即已开始布置了。至今，天花板上还是原来的样子，未改动过。第八间是过道室，据说，在这室的壁炉上，一切会议后无用之纸皆烧毁于此。第九间是王庭（Throne Room），本为古代诸王的卧室。到了一八〇八年才成为王庭，拿破仑的坐位，高高的列于室之中间。过了拿破仑的房子便是皇后的房子了。第一间是马丽安东尼的私室（Marie‐Antoinette's Bondoir）；拿破仑之后约绥芬（Josephine）曾用之为梳装室。第二间是浴室，非得特别允许是不能去看的。第三间是皇后室，许多皇后都以此室为她们的卧室，

器具极为名贵，其中有一个杂物柜，柜面上都用珠宝镶装之。第四间是皇后音乐室，路易十五时代为皇后的打牌室，亦在此晚餐；约绥芬易之为音乐室。拿破仑第三之后则易之为接应室。第五间为贵妇的客室。再过去，便是狄爱娜廊厅（Dianas Gallery），初为大餐室，舞厅。拿破仑第三时代，又为图书馆，两墙边都排着书柜，当中玻璃柜亦陈列着书籍，约共有三万册。再过去是一列的接应室。第一间是前厅，悬有三幅美丽的挂毡，路易十四时代所造的，一幅是夏，一幅是秋，一幅是冬。秋景是表现路易十四骑在马背上去猎鹿；其余都是宫殿之景。第二间是挂毡室，曾为约绥芬的客室；拿破仑第三时代装饰它以许多挂毡，它们都是表现卜赛克（Psyché）的故事的。木器上覆的毡子、垫子，都是绣以拉芳登寓言的故事画。第三间是法朗西司一世（Franeis I）客室；拿破仑时曾以此为餐室。第四间是路易十三（Louis XⅢ）客室，这一室里有名之物是一面小镜子，挂在墙上，是最初输入法国的镜子之一。第五间是圣路易（Saint Louis）客室，墙上的图画都是关于亨利四世之事的。第六间是圣路易第二客室，在古时是皇帝的餐室。第七间是卫士室，第八间是路易十五客室，第九间是过道小室，第十间是皇帝梯阶，再过去是缦特侬夫人（Madame de Maintenon）的房子，共有五间，一为前厅，一为客室，一为书室，一为卧室，一为梳装室。缦特侬夫人在路易十四时代有很大的权力；路易十四很宠爱她；是法国历史上有名的妇女之一。他为她装饰了这几间房子。在窗中可见一条林荫大路，这路自此便称为缦特侬路。由此再过是亨利二世廊厅，这廊厅建于法朗西司一世时代，所以称为亨利二世廊厅者，因内部的装饰，都是在他的时代画的雕的。墙上都刻着"H"一个字母。好几次大宴，曾在此举行，又曾一度作过皇家的礼拜堂。再过去，是法朗西司一世廊厅，厅里有不少名画及雕刻。引导者走到此厅后，便告了终止，把门开了，请我们出去，同时并伸手要"小费"，每个人都给他，大约给一个佛郎者最多。出了门，便是马蹄梯了；这梯远望之，宛是一个马蹄铁形。我们也和当年的拿破仑一世一样，由此著名之梯下去，而走出了芳登波罗宫的大门。照例，还有几个地方可以看。全部的宫殿，我们不过只走了一小部分。然有的地方是保存着不让游人进去的，有的地方，如中国博物院（Chinese Museum），又因没有时间而未去，所以只游了上面的由引导者领着走的几个最有名的地方。又，上面各室各厅中，所有的图画雕刻，也都因"走马看花"似的看过，出来后已印象模糊了，所以也不能一一列举。这宫殿给我的印象很好，不必说建筑之华丽，即内部之装饰，器具之陈设，也都异常的华贵，且多是各时代有名艺术家的设计或动手去做的。这使它不仅仅成了一座绚烂辉煌的帝王之居，而且是与法国之艺术文化有关的博物馆。我看过清宫，我游过中海、南海，哪一个房子有布置得如此的华美名贵，如此的和谐绚丽。中国的帝王，哪一个是知道享用物质的荣华的？秦始皇、隋炀帝、陈后主、唐明皇，只有这几个人是知道，然而他们是终于"烟销灰灭"了，他们的苦心经营的成绩，是随之而变而为颓垣废瓦了，而且为儒者们引为后世之大戒了！"俭朴"的提倡，使我们的艺术文化，天天向后退！

出宫后，雇了一部马车，在芳登波罗森林中走了一点多钟；这座大森林，沿着赛因河左岸而蔓生，全面积约有四万一千九百四十英亩，周围是五十六英里，乃是法国最美丽的森林之一。我们因为天色已迟，不敢深入林中，随马车夫之意而缓缓的走着；据说，林中有不少好地方而我们都不能去。然大树林的清香的空气，已使我们很愉快。我们谈着，笑着，不知车子穿过了多少林中的小径。这森林曾数次为火所毁，所以在林中是禁止将燃着的香烟头抛在地上的。六时半，坐了火车归去。回望林中，夕阳正红红的映照在万枝绿叶之后，殊有画意也。这次的火车是特别快车，沿途各站都不停，所以只走了一小时又十分，便到了里昂车站。

郑振铎精品集

七月二十三日

阴。十时出寓门，本想到图书馆，因颇倦，改途至卢森堡公园坐了一会。穿过公园而至中法友谊会看中国报纸。正午回，元已先在。饭后，偕元及冈同登伊夫尔塔（TourEiffel），这是世界最高的建筑，自地至顶，凡高九百八十四英尺（纽约的 Woolworth Building 不过高七百五十英尺）。乃工程师伊夫尔（Gustavc Eiffel, 1832~1923）在一八八九年所建者。塔顶上的无线电台乃力量最强者之一。塔底每边共长一百四十二码。我没有走到塔下时还想象不到它是如此之大。登塔票价八佛郎。坐电梯上去，在三楼（Second platform）要换一次电梯。这个电梯，在中途（不知第几层）又要换一次。自底到顶，连等电梯的时间计算在内，总要一个小时。二楼三楼及顶层都有店铺。顶层并有邮票出售，许多人都临时买了明信片，买了邮票，写上几个字寄给亲友们。我只买了几本小簿子，簿面上有塔之图象的，寄给箴以为此游之纪念。在顶层，全个巴黎都展开在你面前。这如带的是赛因河，这青苍而隆起的是四周的山，这白色的尖顶屋是圣心寺，这方形的窗门，下有圆的广场者是凯旋门，这一带古屋是洛夫博物院，这圆顶的高屋是名人殿（Panthéon）。这一条大街是什么，这一座桥又是什么，都一一的可以指点数说。顶上并有望远镜多座，每人看一次，要一佛郎。我在望远镜中，对着圣心寺，凯旋门看，都看得极清楚。下塔后，复到腊人馆（MuséeGrévin）去。腊人馆在蒙麦大街（Boulevard Montmartre）十号，中分三部分。第一部分是腊人馆，门票三佛郎，第二部分是幻镜部，门票一佛郎半，第三部分是变手戏法的，门票一佛郎半，我们只去看腊人馆。那里面有现代的人物，如莫索里尼，张作霖等。最好的一部分是关于法国革命史的：一间状马拉（Marat）之死的，一间状路易十六及皇家大小被捕的，一间状革命法庭，审判罗兰夫人（Mme·Roiland）的，尤为动人。再有一间是写充军的兵士的，一个脱了上衣跪在地上；一个坐于地上，更低靠于两膝之上；几个军官手执着鞭，几个兵士手执着铲土之器具在旁望着，也是很逼真的。再有，走下地道，有几间写墓道及家族送殡之状的，甚阴惨怖人，我到了出来后，还是凛凛然的。再有几间是叙耶稣及基督教故事的。其中罗马斗兽场上之基督教徒残杀一幕，最可怕。再有一间是写拿破仑死在圣希里那岛幽所时的情形。最后见到的是一幕光明的景象，写拿破仑盛时之宫苑中的生活，他立着，约绥芬坐于椅上。

今日午餐，吃到生杏仁，外壳小如毛桃子，剥去了壳，只吃里边的大"仁"。干杏仁，箴已经很喜欢吃了，可惜她不能同尝这脆而清香的鲜杏仁。上午，写了许多信，给箴、岳父、舍予、南如、道直、学昭、伯祥各一封。

七月三十日

好几天不见面的太阳光，今早居然照进我屋里来；黄澄澄的金光，似欣欣的带有喜色。茶房托进早餐盘来，盘里却有一封箴的信！啊，我的心，也和太阳光在一同嬉笑的颤跳着了！但箴的信里，充满了苦味，这苦味使我不禁的如置身于她的苦境中。唉，别离，生生的别离，这是如何难堪的情绪！我在此还天天有新的激动，新的环境，足以移神收心，然而一到了闲暇时，还是苦苦的想家，像她终日无事的守在家里，天天过着同样的生活，只是少了一个人，这叫她如何不难过呢！她信上说，"屈指别离后，至今还只有两三个礼拜呢！如果你去了一年，那么有五十二个礼拜，现在只过了两三个礼拜，已是这样难堪了，那余下的五十个礼拜，不知将怎样度过！如果你去了两年，那么，还有一百多个礼拜呢！——平常日子，你在家时，日子是如流水似的滑过去，我叫它停止一会它也不肯。如今老天爷却似乎有意和我捣乱一样，不管我如何的着急，痛苦，它却毫不理会，反而慢吞吞的过着它的日子，要它快，它偏不快！……"唉，我真是罪人，把她一个人抛在家里而自己跑了出来！我做事永远是如此的不顾前，不顾后，不熟想，不熟筹！我怎么对得住她！——她那样的因我之轻于别离而受苦！我想，她如果不出国来和我同住，我真的不能久在欧洲住着了！自见此信后，心里怅怅的苦闷着，饭后便消磨时间于咖啡馆，至四时方回。写了给箴的信及给放园、拔可、端六、同孙、振飞、昆山、叔通诸信后，又到了晚饭之时了。晚饭后，又去坐咖啡馆，至十时方回。时间是如此的浪费过去！

八月十五日

晴

早起，正在写信，邮差敲着房门，送进愈之的一封挂号信及箴二信，圣陶一信来。我真高兴如得到了满捧的珍宝——不，这比珍宝还可贵，还可慰！——我很高兴的由愈之，圣陶的信里，知道上海的友人们都还很念着我；我更高兴的是，箴的信许久未来，一来却便是两封！但她的信中，仍充满了苦语愁言；我读了，热泪几乎要夺眶而出。我使她这几个月受尽了苦，不知将来怎样的补偿她，安慰她才好！还不知到了什么时候，才能见到她，补偿她，安慰她！她说道："铎呀，像这样的下去，我将要更瘦，瘦到只剩一根骨了呀!"又说道:"铎呀,你什么时候才可回来呢?如果船上有五等舱,我便坐了五等舱到你那里去也情愿!"唉!我怅然的,我惘然的,良久,良久,我的心飞到万里之外的故乡去了!

上午十时,至邮局寄信,——挂号信,给调孚的——因今天系法国节日,邮局关了门。又到公使馆去取汇票信,因箴来信说,四十镑的汇票已寄出,亦为了节日,公使馆也闭了门。

下午,偕景医生同到凡尔塞(Versailles)去。在车站上遇到了光潜。我们约定于九月二十三日同到伦敦去。前一次到凡尔塞,未进宫去,只在公园中走走,这一次则进了宫。跟随了一大批的游历者,匆匆的一间一间的看过去,连细看的时间都没有;今天的人实在太多了!很想以后再去一次二次。在树下坐了一会。临出宫门时,还到国会(Congress)去看了下,其中为一个会场,乃上下两院遇总统出缺或选举总统时所用的;此外,则规定七年到此开会一次。七时回,到万花楼吃饭。饭后买了一瓶白兰地回,预备肚子不大好时喝一点。夜间,写给岳父一信,箴一信,又给圣陶,调孚一信,十时睡。临睡时,喝了一点酒,用肉松来下酒。

八月十七日

阴

早起,得上海寄来书籍两包,乃第一次写信去叫箴寄下者。其中有王国维的《宋元戏曲史》及《人间词话》;当我接到地山的信,说起王先生投昆明池自杀事,便写信给箴叫她把这些书寄来,因欲作一文以纪念他也。我上船时,曾带了他的《人间词话》,而别的诗词却都没有带;我真喜欢他的词。学昭还把这书借去,在餐厅里抄了一份去。前三四年在张东荪家里,我曾见过他一面,那态度是温温雅雅的,决不像会愤世自杀的样子。唉,也许愤世自杀的人。便是他那样温温稚雅的人!乱嚷乱叫的倒没有这么大的勇气了。十时,到克鲁尼(eluny)博物院去,匆匆的走了一周,似乎其布置与前次所购的 Guide book 上所说的已颇不同。其中最引起我注意的是:第二室,陈列自中世纪至十八世纪的鞋子一部分,及第十四,十五室陈列法国，意大利的瓷器的一部分，我深觉得，中国瓷器如果肯多参考古代及外国的式样而加以创造，一定可以复兴的。洛夫博物院所印的两大册《中国古瓷器》，真是比那一国都好。可惜我们没有人知道到江西去改良它们。如果改得好了，一定可以再度征服了全个世界的。下午二时，偕景医生同到 Hotel Invalide 里的军事博物院（Army Muse－um）去参观。上次和元同到 Invalide 时，只看了礼拜堂和拿破仑墓，没有进这个博物院。这个博物院，来源很早，在一六八三年便有人收集关于军事上的器物以教导少年军官；到了一八九六年，这个博物院便正式成立。全院可以分军器甲胄及历史两大部分；军器甲胄部分包括古代的铁甲，枪矛，刀剑，一直到了近代最新式的大炮、机器枪、手榴弹、飞机、战壕；我们宛如经历了种种的杀人境界与最恐怖的战场；历史部分包括法国各时代的军旗，革命与帝国时代各决战事的纪念品；古代的军服，拿破仑及其后的遗物，拉法耶（LaFa-yette）的遗物等等。又可以分为古代近代及欧战两大部分；欧战的一部分，占的地位很多，几乎重要的战死的大将以及飞行家，海军军官，都留有遗物在内，还有一二间专陈列红十字会的救护工作的，专陈列战壕模型的。这其间，不知把多少残酷恐怖的故事，重新告诉给我们。还有一个红十字会的女看护，执了钱筒，请游人捐助。欧战的创痕还未完全恢复呢！这里的伤兵是特别多，因为 Invalidc 里的一部分，又是伤兵院。壁上还挂了许多的战争的图画，其中很有些著名的，而关于欧战的画为尤多。从军事博物院出来，又到拿破仑墓看了一次，因景先生未见过。

回家后，我的房间又搬到三楼第十七号里来了；房间与十二号一样，也临街，也有两个窗门，太阳光也可晒进来，不过只多上了一层楼而已。晚饭后，与元等同坐咖啡馆，九时半回来，开始抄七月二十五日以后的日记。预备寄到上海给箴。七月二十五日以前的，已由冈带回去了。

八月二十二日

（星期日）

今天是我离家后的第三个月的纪念日。呵，这三个月，真是长长的，

长长的，仿佛经过了十年八年！在上海，一个月，一个月是流水似的逝去，在旅中却一天好像是一年一季的长久。还好，一天天都有事情做，觉得很忙，要是像在上海似的那样懒惰下去，真不知将怎样的度过这如年的一日好！

国事的变化，在这三个月内，也正如三年五年的长久的岁月所经历的一样。但不知家里的人，和诸位朋友们的生活有没有什么变动。我很不放心！在这三个月内，岳父家中已有了一个大变动，便是大伯母的仙逝。唉，我回去后，将不再见到那慈爱的脸，迟慢而清晰的语声了！唉，在此短短的三个月内，真如隔一个世纪呀！早晨，天色刚刚发亮，便醒了。看看表，还只有六点三十分。又勉强的睡下。不知在什么时候却睡着了。而在这"晨睡"中，又做了好几个梦，有一个至今还清清楚楚的记着。我做的是回家的梦，仿佛自己是突然的到家了，全出于家中人的不意。一切都依旧，祖母还是那样的健强，母亲还是那样辛勤而沉默，文英还是那样不声不响的在看书……但我的第一个恋念着的人却不见。我照旧的"箴呢？箴呢？"的叫着。母亲道："少奶不在家，到亲母家里去了。"我突然的觉得不舒服起来，如在高岸上跌下深渊，失意的问道："那么，我就到他们那里去。他们还住在原来那个地方么？"母亲道："不，搬了。新房子，我记不清楚地址。"仿佛是文英，插说道："我认识的，等吃完饭后，我陪了哥哥同去。"正在这时，江妈抱了一大包的我的衣服，笑嘻嘻的回来了。我连忙问她道："小姐呢？"她道："还没有回来，不在太太那里，在大小姐家里呢。"我又问道："你们怎么知道我回来的？"她道："是×××说的。""你知道小姐几时回来？"她道："这几天×小姐生气，打小孩，小姐住在那里劝她，要下礼拜二方回家呢！"我非常的生气，又是非常的难过，仿佛箴是有意不在家等我，有意要住到下礼拜二方回来似的。我愤愤的，要立刻到大姊家里把她拉回来。正在这时，我却醒了。窗外车声隆隆，睁眼一看，我还在旅舍的房间中，并不曾回家！只不过做了一个回家的梦！

起床后，窗外雨点渐渐的在洒落。因为今天心绪不大好，怕闷在家里更难受，便勉强的冒雨出外。选了要去的四个地方，最后拣定了先到恩纳（J. J. Henner）的博物院。这个博物院在 Averlue dc Viller 四十三号，离旅馆很远，坐 Taxi 去太贵，便决定坐地道车去，因为地道车的路径最容易认

识。在圣米萧尔街头下地道，换了一次车，才到 Viller，几乎走了大半条的
Viller 街，方见到四十三号的一所并不大的房子，棕黄色的门，上面标着
"恩纳博物院"（Musée J. J. Henner）。门上的墙头有恩纳的半身像（铜
的）立着。但两扇门却紧闭着。我按了按电铃，一个看门人出来开了门。
里面冷寂寂的，只有先我而来的两个老头子在细看墙上的画。没有一个博
物院是比之这个更冷寂的了。看门人只有一个，要管着三层楼的事（连楼
下，在中国说来是四层）。但却没有一个博物院比之这个更亲切可动人的；
这里是许多这个大画家生前的遗物，有他的烟斗，他的眼镜，他的铅笔，
他的用了一半的炭笔，粉笔，他的大大小小的油画笔，他的还粘着许多未
用尽的颜料的调色板，他的圆规，他的尺……这里是他的客室，他的画室。
画室里是照着原来的样子陈列着，我们可以依稀看出这个大画家工作时的
情状；这里是他的作品，一幅一幅的陈饰在他自己住宅的壁上，其中更有
无数的画稿，素描，使我们可以依稀的看出作成一幅画是要费了多少的功
力。我在巴黎，也曾见到过好几个"个人博物院"，罗丹（Rodin）的是规
模很大，莫纳（C. Monet）的是绚伟明洁，却都没有恩纳的那么显得亲切。
他的藏在这个博物院的连素描在内，共有七百幅以上，他一生的成绩，大
半是在这里了。

郑振铎精品集

191

　　恩纳（1829～1905）在一八四七年到了巴黎，后又到意大利去，在罗
马，委尼司诸地游历学习着。他以善于画尸体著名，尤其是许多幅关于耶
稣的画，其中充满了凄楚的美，如《耶稣在十字架上》、《耶稣在墓石上》、
《耶稣和圣女们》等都是。但最使他受人家注意的，还是他的许多幅诗意欲
流溢出画架之外的幽秀淳美的作品，如《读书》、《水神在泉边》、《哭泣》、
《牧歌》等等。他还画着许多肖像画，如他母亲的像，他自己的像等等。其
中尤以几幅想象的头部，如《Fabiola》、《Orpheliue》等等，画得更动人。
他在一八六三年，第一次把他的作品陈列于 Salon 里，以后便长久的都有陈
列。他的画除了这个个人博物院里所陈列的以外，在洛夫，在卢森堡，在
小宫，以及在其他外省的博物院里，都有之。

　　我第一次认识的恩纳的作品，是那幅《读书》（LaLiseuse），这是六七
年以前的事了。那样的静美的情调，那样的具着诗意的画幅，使我竟不忍
使它放下手。但这还是复制的印片呢，在那时，在中国，我是没有好运见

到他的原画的。后来，我便在《小说月报》上把这幅画再复制一遍，介绍给大家。我到了巴黎后，在洛夫见到了他的这幅《读书》的原画，在卢森堡见到了他的别的好几幅画。然而最使我惊诧的，还是那幅想象的头部《Fabiola》；这是一个贞静的少女的头部，发上覆着鲜红欲滴的头巾，全画是说不出的那样的秀美可爱。但那幅画却是复制的印片，在洛夫，在卢森堡，在别的博物院的门口，卖画片目录的摊柜上，都有得出卖，有的大张，有的小张，而价钱却都很贵。我真喜欢这一张画。我渴想见一见这张原画。但我在洛夫找，在卢森堡找，都没有找到。我心里永远牵念着她。这便是这幅画，使我今天在四个要去的地方中，先拣出恩纳博物院第一个去看，而这个博物院却是最远的一个。我想，这幅《Fabiola》一定是在这里面的。果然，她没有被移到别的地方去，她没有被私人购去，她是在这个博物院的壁上！呵，我真是高兴，如拾到一件久已失落掉而时时记起来便惋惜不已的自己的东西时一样的高兴！如果这个博物院，只有这一幅画，而没有别的，我也十分愿意跑这一趟远路，便再远些也不妨。可惜我所能有的，只是复制的印片，而印片哪里能及得原作的万一！我在她前面徘徊了很久；等到我由三层楼上走下时，又在她前面徘徊了好久。

　　我临走时，向看门者买了四十张的画片，仅 Fabiola 买了五张。那看门的人觉得很诧异，说道："先生买得不少！"大约不曾有人在他手里买过那么多的画片过！仍由地道车回家，到家时已过十二时，这半天是很舒适的消度过去，暂忘了清晨所感到的浓挚的乡愁。

　　下午，天气仍是阴阴的，雨却不下了。我仍跑出去。先到巴尔扎克博物院，看门的人说，现在闭了门。在八月中，法国的博物院，有许多是闭了门的，连商店也多因主人出外地避暑而暂停营业，仿佛他们不去避暑，不到海边去一月半月，便是"耻辱"一样。这样的强迫休息的风尚，却也不坏。至少也可以使他们变换环境，感到些"新鲜的空气"。但也颇有人说道，很有几家大户人家曾故意的闭上了大门，贴上布告，说主人已去避暑，其实却由后门出入。更有，在巴黎他处暂住了几天，却到美国的药铺，买到一种擦了皮肤会变黑的药。涂在身上，却告诉人家说，他已经到海边也去过一次了。但这样的事究竟少，也许真不过是一句笑话而已。巴黎这一个月来人实在少，戏院也有好几家关门的。到处都纷纷乘此人少的时候在

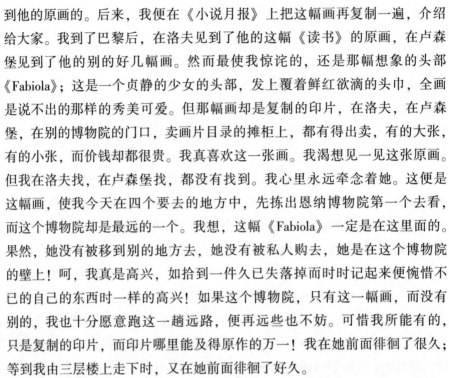

修理马路。只有外国的旅人及外省的游人却到了巴黎来看看。饭店里，外国人似乎较前更多，而按时去吃饭的人却不大看见了。

由巴尔扎克博物院走了不远，便是特洛卡台洛宫（TheTrocadero）了。我由后园里走进去，转到前面。特洛卡台洛宫里有两个性质很不同的博物院，一个是比较雕刻博物院（Le Musée de Sculpture Comparce），一个是人种志博物院（Le Musée Ethnographique）。比较雕刻博物院占据了特洛卡台洛的楼下全部，由 A 至 N，共有十三个间隔（其中没有 J），再加上 B．D．K．M，共是十七个。由十二世纪至十九世纪的法国雕刻，凡是罗马式的与高底式（Gothic）的雕刻都很有次序的排列着，且也选择得很好；不过都是模型，不是原物，但那模型也做得很工致。在那里，我们真可以读到一部法国雕刻发展史，而不必到别的博物院去，不必到外省去。在法国的雕刻，重要的希腊、罗马、埃及诸古国，以及十二世纪至十六世纪外国雕刻，也都有模型在着，以资比较，虽然不很多，但拿来参考，则已够了。这些希腊、罗马诸古国及外国的雕刻，都在这个博物院的外面一周。

人种志博物院是很有趣味的，也许见了比较雕刻博物院觉得没有趣味的，到了这里一定会感到十分的高兴。那里有无数的人类的遗物，自古代至现代，自野蛮人至文明人，都很有次序排列着；那里有无数的古代遗址的模型，最野蛮人的生活的状况，最文明人的日用品和他们的衣冠制度；我们可以不必出巴黎一步而见到全个世界的新奇的东西与人物。这个博物院占了特洛卡台洛宫的第一层楼，但在楼下也有一部分的陈列品。可惜其中除了靠外面的一层房间外，其余的地方都太暗，看不大清楚，这是一个缺点。最令人触目的是：许多红印地安人的模型及所用的弓箭、土器、帽子、衣饰等；印地安人用的独木舟，神坛的模型，他们的奇形怪状的土瓶等等；还有从中美洲来的东西；还有墨西哥的雕刻、铜斧，用图表意的手稿、武器、瓶子等等。更有关于非洲土人的许多东西。另有一部分是关于欧洲诸国的，有意大利、希腊、匈牙利、挪威、冰岛、罗马尼亚等国；另有一个大房间，陈列俄国及西伯利亚的东西，还有一个瑞士村屋的模型。法国各地的风俗人情，则可在楼梯边的另一排屋子里见到。

还有一个 "Le musée cambodgien et Lndo‑Chinois" 我没有见到，还有第二层楼，我也没有上去。

特洛卡台洛宫在一八七八年建筑来为展览会之用，规模很不小，形式是东方的样子，正门对着赛因河及伊尔夫塔。

五时回家，写了一封信给箴，因为今天我们是离别的第三个月纪念日，要寄一信给她，信内并附给大姊及文英的画片。夜饭时，喝了一瓶多的酸酒，略有醉意。回家后，一上楼便躺在床上。匆匆的脱了衣服，不及九时半，即沉沉的睡去。

八月二十五日

（星期四）

全日雨丝如藕丝似的，绵绵不断。间有日影，破云而出，亦瞬即隐去，如美人之开了一缝窗棂，向外窥人，而惟恐人觉，一瞬即复掩窗一样。今日是由西比利亚火车来的信到达的日子，但箴的信没有来。全个上午都因此郁郁。闷坐在家中，写信给箴，并附八月十九日至二十四日的日记十二张。颇怪她为什么来信如此的稀少。随即把这封信冒雨寄发了。回时，又写给调孚、圣陶及诸友的信，并写给同人会的信，附了不少画片去。午饭后，元等在此闲谈，至三时半方去。又写给庐隐及菊农、地山的信。四时半时，下楼寄调孚的信，在信格里不意中得到了箴的来信！我真是高兴极了！惟其是"出于不意"，所以益觉得喜欢；惟其是等待得绝望时，而忽然又给你以你所望的，所以益见其可贵。门前雨点潺潺的落下，我立在那里，带着颤动的心，把箴的信读了一遍。我很后悔，不应该那么性急，上午信一不来，便立刻写信去责备她！我真难过，错怪了她！这都是邮差不好，本来应该上午送来的信，为什么迟到下午四时半才送来？冒雨寄了调孚的信后，匆匆的上楼，又从怀中，取出她的信来，再读了一遍两遍；很高兴的知道她将于下半年和大姊同去读英文。还附有叔智的一封信，他报告说，已经考取了沪江的高中。这都使我喜欢。但箴的信上又说："我想法国不是一个好地方，你可不必多在那儿留连着。何不早些到英国去呢？法国风俗是非常坏的，你看得出吗？"这又使我好笑。她真是太"过虑"了。她难道还不知道我的性情吗？她常笑我。一见女人，脸就会红。我自信这样的人决不会为"坏风俗"所陷溺的。且我在法国并不是无事留连着，实在是要看些法国的，或者可以说是巴黎的艺术与名胜，且要等候几个朋友同行也。立即匆匆的写了一封复信给她，怕她得了早上的信后，将焦急也。蔡医生和宗岱来，同到万花楼吃晚饭。晚饭后又写给济之、放园及舍予的信。十时睡。

综计自上次写了几篇文章后，又有十天没有动笔写东西了——除了写信和写日记。真是太懒惰了！明天起，一定要继续的写文章了，我预想要在二三十天内写不少东西呢！再因循下去，一定要写不完了。

八月三十一日

（星期三）晴

夜间颇不能安睡。起床后，梳洗，记日记，已至十时半。到公园看报，走了一周，不觉的已经将十二时了。与元同去吃饭，饭后在 Cluny 咖啡馆坐到将三时才回。本想写《漫郎摄实戈》一文，写了半页，觉得心绪很乱，又放下了，便拿起日记来抄写。七时，到万花楼，与元同吃晚饭。饭后，和杨太太及学昭女士同到喜剧院（Opéra Comiquc）看《维特》（Werther），戏票前几天已由杨太太替我买好了。坐位在三层楼，但还算宽舒可坐。《维特》亦为 Massenet 所编，系依据于德国诗人歌德（Goethe）所著的小说《少年维特的烦恼》者。那个绿衣黄裤的热情少年，活泼泼的现于我们之前。全剧共分四幕，五段；第一幕叙夏绿蒂的家庭及她与维特在月下共活，那时是圣诞节，孩子们正高高兴兴的唱着圣诞歌。维特在清光如水的月下，向夏绿蒂倾泄他的情怀。但夏绿蒂却婉拒道，她已经由母命与阿尔伯（Albert）订婚了。维特很悲苦的失望着。第二幕写阿尔伯与夏绿蒂已经结婚三个月了，他们俩同到礼拜堂去。但维特又追踪而至。夏绿蒂仍婉拒维特的热情。第三幕是在阿尔伯家的客室。夏绿蒂读着维特的来信，心里十分的纷乱而凄楚。正在这时，维特推了门进到室中；他再也抑制不住他的恋情了！他向她热烈的，热烈的表示他的爱情，她还是婉拒着。这天又是一个圣诞节。她进了房门，迷乱的躲在房里。维特推门不进。挣持了一会，他忽然的清醒，另有了一个决心。他匆匆的离了她的家。阿尔伯在这时回来了。跟着来的是一个使者，乃维特差他来借手枪的。阿尔伯叫夏绿蒂把手枪递到来人的手中。夏绿蒂当然明白有什么事要发生。于是她匆匆的披了外衣，赶到维特住的地方去。第四幕第一段开场时，我们看见维特坐在他自己家里灯光下写最后的信，手枪放在桌上。信写完了，他立起来，把手枪抵住胸前。幕布渐渐垂下。第二段的幕布复揭起时，我们见维特已倒在地上。夏绿蒂匆匆的进门。她已经来不及阻止维特的自杀了，她悲戚的扶起他，他微弱的向她诉说着最后的热情。隐隐的圣诞歌的声音由窗外透进。维特是倒地死了。夏绿蒂惊叫了一声。窗外还隐隐的透进孩子们的歌声。她无力的叫道："维特……一切都完了！……"便晕倒在维特的身边。幕布又渐渐的垂下，全剧是告终了。这当然与歌德的原作，情节略有出入。Massenet 的音乐，在此剧里是异常的紧张而热烈，《漫郎》似乎还没有如此的使人惊动。我自始至终，一点也没有松懈过，紧紧的，紧紧的，为她所吸引。今夜扮维特的是 Kaisin，动作与歌喉都很好。以《维特》故事作为歌剧的，不仅始于 Massenet，在他之前已有好几种，但在现代，演唱的却是他所编的一种。他的《维特》第一次在一八九二年二月，出演于维也纳，第二年正月，才在巴黎喜剧院出演。散戏后，坐公共汽车回。送杨太太她们回家后，我到了自己的房里，已经是第二天一时了。

昭君墓

早晨刚给你一信，现在又要给你写信了。

上午九时半早餐后，出发游昭君墓。墓在绥远城南二十里。希白、雷小姐他们都骑马去，我因为没有骑过马，只好坐骡车。车很干净，三面皆为黑色的纱窗。但道路崎岖不平，车轴又无弹簧，身体颠簸得厉害，两只手紧握着车窗或车门，不敢一刻疏忽。一疏忽，不是头被撞痛，便是手臂或腿部嘭的一声，被撞在车门上。有时，猛烈一撞，心胆俱裂，百骸若散。好在车轮很高，相距亦阔，还不至演出覆车的危险。有马队四人，带了手提机关枪，来保护我们；因为前日城内出过抢案。骡夫走得很慢，骑马的人不时休息下来等着我们。十时三刻，才到小黑河。水不深，还不到尺。十一时一刻，到民丰渠。浊流湍急，不测深浅，渡河时，人人皆惴惴危惧。一个从者的马匹倒了下去，骑者浑身俱湿。幸渠身不大宽，河水也至多只有两尺多深。大家都不曾再出危险。骡车也安稳的渡过。据说，春时，汽车可达，此时水深，除马及骡车外，无法渡过。十一时三刻到昭君墓。墓甚高，据说有二十丈，周围数十亩。土色特黑，草色青翠，多半是香蒿，高及人腰，香味极烈。墓前列碑七八座，最古者为道光十一年长白昇演所书之"汉明妃冢"及他的碑阴的题诗。次有道光十三年长白珠澜的碑。次有戊申年耆英的碑。此外皆民国时代的新碑。民国十二年立的马福祥的墓碑云:"《辽史地理志》:'丰州下则曰青冢,即王昭君墓。'据此则昭君墓之在丰州,已无疑义。又考清初张文端《使俄行程录》云:归化城南直书有青冢,冢前石虎双列,白石狮子仅存其一,光莹精工,必中国所制,以赐明妃者也。又有绿琉璃瓦狼藉,似享殿遗址。"民国十九年冯曦的一碑,最为重要:

> "岁庚午,清明后十日,海础李公召集军政各长议定植树冢右。始掘土获梵文经卷,随风湮灭。既而石虎,木柱现,而零星璃瓦,碧苔叠篆,犹不可更仆数。知古人于冢右实有大招提在。"

冯氏所推测的大致很对,张氏所云,享殿遗址,必是大招提的遗址无疑。"中国所制,以赐明妃者也。"语尤无根。惟清初已破败至此,则此遗址至晚必为辽金时代的遗物。惜未获碑文,无从断定。但此冢孤耸于平原上,势颇险峻,如果不是古代一个瞭望台,则也许是一个古墓。至于是否昭君之墓,则不可知了。他日也许能够发掘一次以定之。此望台或古墓的时代当较右有的庙宇为古。石虎一只,今尚倒在田陇间,极粗朴,似非名贵之物。昭君墓,包头附近尚有一座。(闻西陲更有一座)依常理推之,汉时归绥,尚为中土,明妃决不会葬在这个地方的。但青冢之说,唐人的《王昭君变文》里已提及之,有"青冢寂辽,多经岁月"的话。元人马致远有"沈黑水明妃青冢恨,破幽梦孤雁汉宫秋"一剧,黑水青冢,皆见于此。冢南的大黑河殆即所谓黑水(《元曲选》说白中,指黑水为黑龙江,万无是理)。其后明人的《和戎记》、《青冢记》诸传奇也都坐实青冢之说。究竟有此富于诗意的古址,留人凭吊,也殊不恶。休息了一会,即登冢上。仅有小路,沿山边而上,宽仅容足,一边即为壁立数丈的空际。"一失足成千古恨",走时,很小心。半山有极小的大仙祠一所。据说,中为一洞,甚深。从前游人们常从大仙借碗汲水喝,今已不能借到了,闻之,为之一笑。冢上白土披离,似为雨冲刷的结果。仅有此方丈之地不生草。四边仍为黑土及绿草。南望,即大黑河,今已枯浅。北望大青山脉,绵延不断,为归绥的天然屏障。西北方即归绥的新旧城所在。太阳光很猛烈。徘徊了一会,方下山。在碑阴喝水,吃轻便的午饭。我先坐骡车走。骡夫说,青冢一日有三变（一变似馒头，再变为盖碗，第三变则他已忘记了）。骡夫为一老头儿，他说，现年五十六岁，十余岁时已业此，至今已四十余年了。他慨叹的道："前清的生意好做，民国时是远不如前了。洋车抢了不少生意去。"他似对一切新事物都抱不惯。有自行车经过，骡为所惊。他便咒诅不已。他又说："这车已经三天不开张了。"我问他："是你自己的车么？"他说："不，我替人赶的；买卖实在不好做。每月薪水二元，吃东家的，有时客人赐个一毛五分的。东家一天得费五毛钱养车。净赔。卖了也没人要。从前有七八百辆，如今只存二百九十多辆了。"他脸上满是烟容。我问他："你吃烟么？"他点点头。"一个月两块钱的工钱，如何够吃烟？"他道："对付着来。"

骡车在入城的道上，因骡惊，踢翻了一个水果担子。他道："不要紧，我赔，我赔。"结果赔了一毛钱。他似毫不动心的，还是笑着。水果贩子还要不依。我阻止了他。骡夫却始终从容而迂缓，若不动心的。等到回到公医院，我给了三毛钱的赏钱。

"是给我的么？"他有点惊诧。

"给你做赏钱。"

他现了笑容，谢了又谢，显出感激的样子。

这可爱的人呀！世事在他看来，是怎样简朴而无容思虑。

回望昭君墓，仅见如三角台形似的一堆绿色土阜。同行的王副官说，这青冢，冬天草枯时，也并不显出土色，远望仍是青的。

这一天实在是太辛苦了。为了这么一个土阜或古墓，实在不值得写这封信。但又不能不对你诉苦。双腿为了支配的不得当。或盘膝，或伸直，直被颠簸得走路都抬不起来，软软的好像大病方愈。

最后，还有一件事要说。到昭君墓去的途中，见有不少德政碑。又有禧神庙一所，在路右，已破烂不堪，为乞丐们所占据。然在门外望之，神像虽已不存，而两壁的壁画颇佳，皆清代衣冠，作迎亲送亲的喜祥之进行队，是壁画中所仅见者。

《山中杂记》前记

——山中通信

郑
振
铎
精
品
集

200

亲爱的诸友：

二十四日，很早的起来，几乎近二三年来没有起得那么早过，匆匆的赶到车站，恰好高先生和唐先生也到了。这一次真不能不走。一则因为有好同伴，一路上可以谈谈，二则在上海实在不能做事，几乎有两个礼拜没有做事了，再不到清静些的地方，专心做些事，真受不了。因此便决心立刻走。

也许是靠了一班英美的贵族（在中国他们真的是贵族）的力量吧，由上海到莫干山，一路上真是方便。铁路局特别为游山者设了种种的便利的运输方法，到了艮山门（杭州的近郊）早有一列小火车在等着我们到拱宸桥了；到了拱宸桥，又早有一艘汽船在等着我们到莫干山前的三桥埠了；到了三桥埠，又早有许多轿夫挑夫在等着我们了。上了轿，行李无论多少，都不用自己费心，花了挑力，他们自然会把这些东西送上来，一件也不会少。比我们苏州扬州的旅行，还要利便得多。一点麻烦也没有，车轿夫包围之祸也没有。如果旅行是如此的利便，我们真要不以旅行为苦而以为乐了；如果天目，雁荡，峨嵋，泰山诸名胜，也有那么样的利便，我想中国一定可以有不少人会诱起旅行的兴趣的。

话说到此，我们却不能光羡慕他们洋贵族的有福气，光嫉忌他们的有势力。我们自己不去要求，不去创造，幸福与势力，自然不会从天而降了。

原来他们到了一个地方，看不惯的事，就要设法改革，一受了什么委屈，就是大声控诉（不管这些控诉是否有效），与个人，与公共有防碍或不便利的地方，便要写信或亲自去闹，去质问；人人如此的注意到，如此的关心到，个人与公共的幸福与势力，当事者自然的会一天天的晓得改良，以适应大家的需要，以免得大家的责备了，自然的会注意到个人与公共的安全与幸福了。试问我们有没有如此的注意到，关心到自己的与公共的幸福呢？请想一想，我们自己愧也不愧！

在《山中通信》这么清雅的题目之下，却一开头便写上这么一段的大议论，也许要引起一般雅士的厌弃，好在我的通信本也不预备给那些雅士看的。

沿路的景物真不坏，江南的春夏原是一副天上乐园的景色。一路上没有一块荒土，都是绿的稻，绿的树，绿的桑林。偶然见些池塘，也都有粗大的荷叶与细小的菱叶浮泛在水面。在汽船上，沿河都是桑林与芦苇。有几个地方，水的中央突出了一块桑田，四周都是碧荷荷的水，水面上浮着不少的绿萍；一二小舟，在那里徐徐的往来，仿佛是拾菱角的吧。我们的船一经过，大浪便冲上这些岸边，至少有千百的浮萍是被水带上岸滩而枯死的。轿子走了一段平路，便上山了。他们抬得真吃力；前面的一个，汗珠如黄豆大，滴在山石上，我初次还错认为下雨；后面的两个，急促的喘声，却自然而然的会使人起了一种不安之心。走到太高峭之处，有时我们也下轿来步行，以减轻他们的劳苦，这自然使他们很高兴。轿夫大都是温州人，他们说的不三不四的官话，一听就知道是我的半同乡。五时上轿，到了八时才到滴翠轩。因为夜色朦胧，山径两旁的风光却不曾领略得到。晚霞留在山峰，云色至为绚烂；将圆的明月，同时在我们的后面升起；到了林径时，月光照在竹林，照在轿上，地面朦胧的有些影子摇动着。鼻管里嗅着一种特有的山野的香气，这些香气大约由无数的竹林、松林和野草山花的香花所混合成功的，所以我们辨不出究竟是一种什么样的一种香气，却使我们自然而然的生了一种由城市到山野的所特有的欣悦之情。这些情绪为什么会发生的呢？我以为这也许是蛮性的遗留，因为我们的祖先是千万年的久在山洞水涯的，所以时时有一种力，会引我们由城市到乡野，使我们每到山野便欣悦起来。但擘黄说，这也许是人类的好奇心，或厌故喜新的心理之表现。

闲话不谈，且说我们到了山中，见了灯光很亮的地方，同时又听见电机的扎扎，与瀑布的潺潺，便与高唐二位分路了，他们是到那灯光很明亮的铁路饭店的；我又走了一程，才到滴翠轩，全个房子乌黑的，看不见一点光，这真出乎意料之外。遇见了管事的孙先生和住在这里的郑心南先生。几乎面目都辨不清楚，好久，才点上一枝红烛。心南说，大家早已去睡了，天一亮就起来，灯是不大点的。这真是"山中有古风"呀！

这里的轿夫和挑夫很和善，并不像上海和扬州苏州那么样的面目可怕，给他们些赏钱，便道了谢，再也不多要，也许是我们已给得满意了。然而数目实在是不多。

坐轿除了不安之心在作祟外，别的都不坏，省足力自然是第一，其次，在慢慢的一步一步的上石级时，轿子却有韵律似的谐和的波动着，那种的舒适真不是坐汽车、马车、人力车乃至一切的车所能想象得到的。不过我对于坐轿是一个"乡老"，因为向不愿意坐，凡上山总是依赖自己的足力，这一次要不是被派定要坐的，也决不会自动的想坐的，所以说的话，在久于坐山轿的人看来，也许要有些"村气"。

自从上午十一时后。我们还没有吃一顿舒服的东西，肚里很饿。滴翠轩却什么食物也没有了，只得由旁路到铁路饭店找高唐二位，心南也同去，恰好他们在吃饭，便同吃了。那里真是一所 Modernized 的旅馆，什么都有，电灯、风扇以及一切的设备，使我们不晓得自己是在山中，如果前面没有山，耳中没有听见潺潺的水声。可惜位置太低了，没有风，远不如滴翠轩之凉爽。

与他们回到滴翠轩，说是步月，那月光却暗淡已极，白云一堆堆的拥挤在天上。谈了一回，我去洗了一个澡，并没有什么设备，不过是冷热水同倒在一个大铅桶中而已，洗完了澡，他们已经去了，说是：明日也搬到这里来住，因为凉爽。晚，先在心南房里同睡。蚊子颇不少。

以后的话，下次的信再说；为了夜，什么东西也看不清，什么地方也未去，山上的风物和形势，毫不知道，只好止于此了。

再者，还有一件事未说：我们的汽船到了武康县左近时，见到无数的裸体小孩在水中立着洇着，住屋多半用木柱建在水上，颇像秦淮河两旁，水之不洁亦略相似。最可怪者，乃是有许多家的屋下，木柱之旁，建了不少的厕所，其形式颇似寺观中之所有者；一船的洋贵族，连我们，都很注意这种未之前见的奇景。我们真会废地利用呀！